D1725274

Der Himmel ist um die Ecke

Titel der englischen Originalausgabe:
At Heaven's Gate
Copyright 1988: CEC

Übersetzung:
Punita Sonja Ungvari

ISBN 3 90527613 5
Deutsche Erstveröffentlichung 1988
von Cosmic Energy Connections (CEC)
für The Wild Goose Company Association
Postfach 315
CH-8044 Zürich, Schweiz

1. Auflage 1988

Mitarbeiter bei der Übersetzung: Pujari, Gautama, ...
Graphische Gestaltung: Punita, Pujari
Zeichnungen: Michael Barnett
Fotos: Jnani, Prashanti
Umschlagentwurf: Pujari, Manisha; Foto: Jnani
Druck: windhueter kollektiv, Schorndorf

Michael Barnett

Der Himmel ist um die Ecke

Bücher von Michael Barnett

Titel in Englisch:
People, Not Psychiatry (1973)
Energy and Transformation (1981)
The You Book (1981)
Budding Your Buddha (1982)
AS IT IS IS IT (1982)
Nobody Knows My Name (1985)
Hints on the Art of Jumping (1986)
The Soma Road (1986)
The Greatest Teaching There Is (1987)
Song of the Wild Goose (1987)
At Heaven's Gate (1988)
This Other Cup Of Purple (1988)
In the Quinx (1988)
Modern Times (1989)
Titel in Deutsch:
Energie und Transformation (1981)
Handbuch für die Kunst des Springens (1987)
Der Soma Weg (1987)
Es gibt nichts Besseres (1987)
Der Himmel ist um die Ecke (1988)
Titel in Dänisch:
Mod Havet (1987)
Titel in Holländisch:
Wijs en Waarachtig –
Een Visie op Energie en Transformatie (1989)
Titel in Italienisch:
Persone non Psichiatria (1980)
Soma – La Via Bellissima (1988)
Entrando in una favola vera (1988)

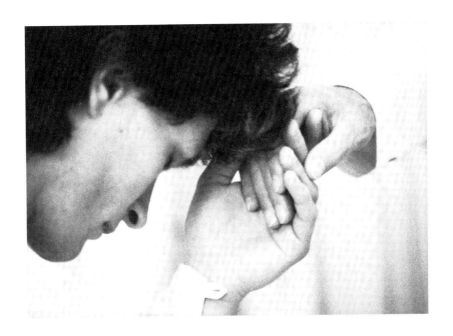

This translation dedicated to Punita,
who had a big hand in the original and in this...

And to Kanika, queen goose.

Inhalt

Teil II
'Wenn wir uns wiedersehen' –
eine Gruppe in Ronta, Florenz, 12. – 14. Juni 1987

Vorwort

Millionen Menschen sind heute auf der Suche, meditieren, folgen einem bestimmten spirituellen Weg, versuchen über Selbsterfahrung, Therapie, Innerlichkeit, Yoga, Zen oder ähnliche Wege, etwas für sich dazuzugewinnen – ein schöneres, reicheres Leben, weniger Probleme oder radikale Erneuerung. Sie versuchen, ihre Lebensqualität, den Zustand, aus dem sie im Alltag funktionieren, zu erhöhen.

Mit dem wachsenden Bedürfnis nach Antworten, mit den eskalierenden Krisensymptomen sind in den letzten Jahren im Rahmen der 'New Age'-Welle zahlreiche 'Gurus', 'Weltlehrer' und 'bedeutende Inkarnationen' wie Pilze aus dem Boden geschossen, meist inmitten professionell vermarkteter Institute, Bewegungen oder Kirchen. Wir müssen heute weder auf verschiedene Reinkarnationen Buddhas, noch auf Wiederverkörperungen von Jesus verzichten, und wem das alles noch nicht ausreicht, der kann auch bei den in menschlichen Körpern lebenden Außerirdischen um Rat suchen oder sich zu einer vieltausendjährigen Naturreligion bekennen.

Als Zen-Meister fühlen sich manche schon nach einem Trainingskurs, der ihnen 'totale Transformation' versprach, und besiegeln diese Auffassung, indem sie sich einen Granitstein neben die neuen japanischen Leuchten ins Wohnzimmer legen und andere zu einem intensiven Erleuchtungsworkshop einladen.

Die Gruppe derjenigen aber, die diese Angebote wahrnehmen, ist trotz massiver Werbung mit zum Teil spektakulären Versprechungen sehr begrenzt geblieben. Je schriller und exotischer die Angebote, umso zurückhaltender bleibt das Gros der Angesprochenen.

Das ist ein gutes Zeichen und ein Hinweis auf die menschliche Fähigkeit, sich an das Wesentliche zu erinnern. Irgendwo in uns wissen wir genau um

11

unsere verschüttete Wahrheit und die Natur des Lebens, und eben dort erkennen wir einen authentischen Meister.

Endzeiten und neue Zeitalter, Verkünder und Patentlöser gab es immer schon wie Sand am Meer. Echte Meister sind dagegen traditionell rar gesät.

„Ein Zen-Meister kann anderen nicht helfen", sagt Bankei, der große Erneuerer einer sterbenden Zen-Kultur im Japan des 17. Jahrhunderts, „wenn er nicht selbst das erkennende Dharma-Auge besitzt. Erst wenn er sein Dharma-Auge voll ausgebildet hat, kann er einen anderen bis ins Mark erkennen, wenn er ihm nur ins Gesicht schaut, während er sich nähert. Er weiß alles über ihn, wenn er nur seine Stimme hinter der Tempelmauer hört."

Als ich Michael Barnett vor mehr als zehn Jahren erstmals in seiner Arbeit mit Menschen erlebte, blinzelte dieses Dharma-Auge bereits. Das war schon genug für mich und merkwürdigerweise mehr als ein völlig geöffnetes Auge mir zeigen konnte. Durch meine geschlossenen Wimpern sah ich ihn blinzeln und ahnte bereits mein eigenes Blinzeln, so nahe dran und anstekkend war es, direkt neben mir, unmittelbar vor meinen Augen. Keine ferne Sonne – eher wie ein Licht in Reichweite.

Es war so offensichtlich: Wenn er blinzeln kann, kann er auch sehen. Wenn ich ihn blinzeln sehen kann, kann ich auch blinzeln und auch sehen.

Ein Erlebnis, als würde der Deckel vom Leben hochgehoben. Ein Blick genügt und man schlägt sich lachend auf den Kopf.

Auch mit offenem Auge ist Michael heute keine entrückte Kultfigur, sondern ein Meister in Reichweite. Wie früher sitzt er neben den Leuten, zupft an ihren Wimpern, stößt sie an, kitzelt sie, schubst sie um, lacht sie aus, hebt sie hoch, tanzt mit ihnen, schweigt mit ihnen, hält ihre Hände und spricht zu ihnen.

Das ist keine Therapie mehr, obwohl persönliche Probleme verschwinden. Er spricht mit ihnen über ihre Probleme und zu ihnen ohne ihre Probleme und transportiert zugleich die Lösung. Keine Patentlösung, sondern eine alchemische Tinktur, mit einer Klarheit, die frei ist von sich selbst.

Er konzentriert sich nicht auf Probleme, obwohl er voll auf sie eingeht. Statt sich mit Hindernissen aufzuhalten, findet er die Öffnungen, die unverstopften Kanäle, die Türen ins Freie, vertreibt die dunklen Wolken, so daß der Blick frei wird auf den weiten, blauen Himmel, sei es auch nur für einen Augenblick.

Sein Anliegen ist nicht Problemlösung. Er versucht vielmehr, uns dazu zu bewegen, daß wir uns *von* den Problemen lösen, die unseren Blick auf jene einfache Realität verstellen, von der er sagt, sie sei einfach himmlisch.

Deshalb und dafür dreht er seine eleganten, therapeutischen Pirouetten, spielt den Clown, den strengen Lehrer oder was auch immer gerade geeignet sein mag, die Denkroutine eines Menschen derart durcheinander zu bringen, daß etwas Undenkbares durchkommen kann.

Michael spricht in diesem Buch wenig die 'großen Themen' an. Er bezieht sich konkret auf das sichtbare, spürbare Leben der Person vor seinen Augen, damit sie dahinterkommen kann in das unsichtbare Leben, in diese Ekstase des Alltäglichen, die so offensichtlich ist in ihm.

Was er sagt und was zwischen beiden geschieht, ist sehr persönlich, intim oft, und doch wendet er sich zugleich an alle Anwesenden.

Auf die gleiche Weise wird der Leser zum Teilnehmer des Geschehens, kann sich wiederfinden in den Fragen, Fallen und Knoten der einzelnen, ihren Fluchtwegen und Vermeidungsstrategien und, vielleicht mit einem lachenden und einem weinenden Auge, beginnen zu blinzeln.

Wir lehnen uns an diese Himmelstür, zögern oder weigern uns beharrlich und mit guten Gründen hineinzugehen, weil 'es so etwas ja gar nicht gibt' oder 'das ja so einfach nicht sein kann'.

Während du noch dastehst und grübelst, hat Michael dir schon so geschickt und liebevoll ein Bein gestellt, daß du dich plötzlich, ohne zu wissen, wie dir geschah, unversehens hinter der Tür findest, mitten im Garten Eden. Du stutzt und staunst, bevor du dich schleunigst wieder in die vertraute Sicherheit deines Schrebergartens zurückflüchtest. Aber es ist bereits zu spät. Du hast schon geblinzelt und wie fest du auch deine Augen zukneifen magst, du kannst nicht mehr vergessen, was du gesehen hast.

Bedauerte Bankei vor dreihundert Jahren: „Man findet nicht einen einzigen mehr, der einen Menschen anschauen und treffsicher einschätzen kann, bevor er etwas sagt oder getan hat – sie sind alle verschwunden. Welch ein Jammer!"

Auch Bankei ist verschwunden und viele andere nach ihm. Aber hier ist auch einer wie Bankei, und er spricht deine Sprache, sieht aus wie du – du würdest dich auf der Straße nicht einmal nach ihm umdrehen – und lädt dich ein, den Eingang zu benutzen, statt mit dem Kopf durch die Wand zu wollen.

„Schau", sagt er, „die Tür ist offen. Warum kommst du nicht einfach rein?"

Herbst 1988
Dr. Klaus P. Horn

Wegweiser zum Lesen

Eine Situation vor kurzem hier an der MB Energy University: Wir suchen den Titel für das Buch, das Du gerade in der Hand hältst. Er will und will nicht kommen. Schließlich erscheint Michael in unserem Büro, schüttelt den Kopf über unsere Vorschläge und wirft dann einen Blick auf die Liste unserer deutschen Publikationen. Nach einer kurzen Pause schreibt er etwas.

Und da steht er auf dem Papier, der heißgesuchte Titel! Tatsächlich, er ist es! Michael erklärt uns: „Ich habe mich einfach in die Zukunft projiziert, ein halbes Jahr weiter, und von dort die Aufstellung der Titel gelesen. Dann stand das Gesuchte einfach da vor meinem geistigen Auge." – Ein kleines Kunststück von Michael, so nebenbei. Ein Hinweis für uns. Ein Wegweiser.

Dieses Buch enthält viele Wegweiser. Für die Kunst zu leben, richtig zu leben auf der Reise zum Himmel. Es ist voll von kleinen und großen Hinweisen, tiefen Einsichten, Späßen, Lebensweisheit, Poesie, Geschichten und vielem anderen mehr – und der Himmel ist um die Ecke, die ganze Zeit. Er rückt immer näher, je mehr man sich in das Buch hineinbegibt.

Diese sehr persönlichen Gespräche kommen aus der speziellen Situation in Michaels Gruppen. Zwischen Meister und Schüler werden hier die tiefsten Schichten der Persönlichkeit berührt, und um diese intime Atmosphäre der Sitzungen zu bewahren, ist der Text nahe am gesprochenen Wort belassen.

Die Erfahrung, an einer Gruppe mit Michael teilzunehmen, kann man in Worten schwerlich oder gar nicht vermitteln. Nur das äußere Geschehen zu schildern, wäre ein spärlicher Abglanz des inneren Geschehens. Da gibt eines der vielen Videos einen sehr viel besseren Eindruck. Es gibt die vier großen Gruppen, für jede Jahreszeit eine, mit bis zu 250 Teilnehmern, und außerdem die kleineren Gruppen, die Michael an der MB Energy University hält. Fünf Tage lang baut er mit allen, die da sind, ein 'Energiefeld' auf: Lachen und Tanzen, Miteinander-Sprechen, Überschwang und Stille – man fällt in die Zeitlosigkeit. Jenseits von Vergangenheit und Zukunft fühlt man sich in seiner ursprünglichen Frische; das 'Gesicht, bevor man geboren wurde'; da steht man nun und blickt sich voller Staunen um.

'Energywork' nennt Michael seine Methode, die seine ureigene Schöpfung ist, oder besser gesagt, er wurde ausersehen als Übermittler dieser Wirklichkeit. Er arbeitet direkt mit der kosmischen Energie, mit dem Urstoff, der bei den alten Chinesen 'Chi' und bei den Hindus 'Prana' heißt. Diese Energie lebt, sie ist dynamisch, hat eine Richtung, bildet Muster und Konfigurationen und wirkt durch sie. Das sind die berühmten Energiefelder, die bei uns eine so große Rolle spielen.

Die 'Wild Goose Company', zum Beispiel, ist das große Energiefeld um Michael herum und umfaßt all seine Schüler, nah und fern. Oder ein 'Mandala': das ist ein spezielles, kleineres Energiefeld mit einer bestimmten Eigendynamik, geeignet für bestimmte Situationen in den Gruppen. Die Energiearbeit kann zu dramatischen äußeren Effekten und kathartischen Eruptionen führen, oder einfach zum stillen Fließen. Wenn die kleine Nußschale des Egos sich auflöst, werden wir eins mit dem unermeßlichen Energie-Ozean um uns herum. Dann stehen uns alle Möglichkeiten offen, wir sind angekommen – im Himmel.

Wie jeder Realitätsbereich hat auch die Welt der Energie ihr eigenes Vokabular. Da gibt es Goose-Namen, Spaces, Tuning In, Goose-Farben, und, und, und. Wir haben hier nicht den Platz, alles zu erklären, und verbale Erklärungen können die Erfahrungen, die hinter diesen Begriffen stehen, sowieso nur schwerlich vermitteln. Man muß sich einfach öffnen und Schritt für Schritt in diese Wirklichkeit hineintasten.

In den Gruppen finden auch die sogenannten 'individual sessions', die Einzelsitzungen, statt. Man kommt einzeln nach vorn zum Gespräch oder um eine Frage zu stellen. Und Michael antwortet, geht auf seine unnachahm-

16

liche Art darauf ein. Fast immer legt er dabei ein tiefes Stück der Persönlichkeitsstruktur des Betreffenden bloß, und immer ist seine Liebe und Wärme dabei zu spüren.

Für alle, die nach ihren Gruppenerfahrungen tiefer einsteigen wollen, gibt es dann die 'Radiancing Training-Intensives', um selber das Energie-Handwerk zu lernen. Eine höchst intensive Reise zu den Ursprüngen, mit großen Sprüngen in persönlicher Transformation. Die Einzelsitzungen in diesem Buch sind aus dem italienischen Therapeutentraining zusammengestellt, das von September '86 bis April '87 stattfand. Dieses Training wurde speziell für diejenigen Italiener geschaffen, die Simultan-Übersetzung aus dem Englischen brauchten, um Michaels Programm zu folgen. – Normalerweise sind die Trainings buntgewürfelt international besetzt.

Am Schluß fand dann wie immer das 'Intensive' statt. Drei Tage lang wurde intensiv gearbeitet. Hier war der Focus mehr auf persönlicher Integration: die gewonnenen Erfahrungen, Einsichten und Fähigkeiten aus der Energiewelt – wie sie mit hinaus ins Leben nehmen, und wie sie dort richtig einbauen.

Und über allem schwebt der Duft von 'Pizza und Spaghetti'; die charakteristische Verspieltheit und Vitalität der Italiener weht durch das ganze Buch.

Teil I

Das abschließende Intensive *des italienischen Therapeutentrainings in Tole, Bologna, 24. – 26. April 1987*

Ein modernes, aber sehr gemütliches Hotel in den Bergen über Bologna, in einem Dorf, ganz hoch oben. Das Wetter an diesem Wochenende ist sonnig, aber kühl. Das ist der Schauplatz für das *Intensive* des italienischen Therapeutentrainings.

Die Leute kennen sich untereinander sehr gut, weil sie während des letzten halben Jahres das Training gemeinsam gemacht haben. Die meiste Zeit arbeiteten sie mit Meditationen und Energietherapie. In dieser abschließenden Gruppe ist alle Aufmerksamkeit auf persönliche Probleme gerichtet. Michael bittet sie, für eine individuelle Session herauszukommen, irgendwann an diesem Wochenende, wenn es sich für sie richtig anfühlt.

Sie sind guter Stimmung und folgen einander in den Sessions mit viel Wärme und Anteilnahme. Es wird viel geschmunzelt und gelacht – auch über Dinge, die sonst große und ernste Probleme im Leben von Menschen darstellen.

Das ist etwas, das diese Gruppe mit vielen anderen in der Wild Goose Company gemeinsam hat. Aber darüber hinaus hat sie die unübertreffliche italienische Intensität und natürlich italienisches Temperament ...

Die Kunst, nicht auf dem Stromboli zu sitzen

So ... hat irgendjemand etwas, das er sagen möchte?

(Der erste, der es wagt, ist Dorja – ein Bär von einem Mann mittleren Alters. Er kommt heraus und setzt sich vor Michael hin, mit einem entschlossenen, aber besorgten Ausdruck im Gesicht.)

> Zur Zeit ist ein Teil meines Verstandes, oder meines Kopfes, wie ein Vulkan, der nicht aufhört zu brodeln.

(Im Italienischen ist das ein langer, intensiver und ernster Satz. Noch bevor Astra übersetzen kann und schon alle lachen, unterbricht Michael.)

Das hört sich ja schrecklich an! Was ist los?

> Oft sehe ich Manifestationen meines Egos, wie Gier und Eifersucht und Ego ... und immer wenn ich sie sehe, sind sie die gleichen, und ich kann nichts gegen sie tun.

Oh? *(Lachen)*

Sie sind immer die gleichen, aber du brauchst dich nicht mit ihnen zu identifizieren. Sie sind nur Schatten, verstehst du?

Und mit dem Vulkan ist es genauso. Vulkane – Pompeji ... wie heißt doch der andere?

> *(Jemand aus der Gruppe:)* Stromboli, Ätna ...

Stromboli, Dorja *(Lachen)*, Ego, Eifersucht, Bomben in Colombo, neue italienische Regierungen. Du gehst nicht hin und setzt dich auf den Strom-

21

boli, du gehst nicht hin und bringst die Regierung in Rom in Ordnung – also versuch nicht dieses Ego, diese Eifersucht, *diesen* Vulkan in Ordnung zu bringen. Atme einfach weiter. Und anstatt das Ego-Spiel zu spielen, das du dein ganzes Leben lang gespielt hast, versuch einmal das 'Nicht-Spielen des Ego-Spiels'. Das ist ein schönes, neues Spiel für dich! *(Lachen)*

Also denk darüber nach. Und komm später wieder, wenn dir danach ist.

Das Leben jagen – oder das Leben leben

(Sie hat eine entschlossene Art, nach vorn zu kommen und sich zu setzen – so wie der erste 'Kunde' – aber nicht besorgt, sondern eher stolz. Sie weiß offensichtlich, was sie von Michael will, und hat schon eine Frage bereit. Sie ist eine dunkelhaarige Italienerin, um die Fünfundvierzig. Ihr Goose-Name ist Premnadi – 'Channel of Love' – 'Kanal der Liebe'. Es geht das Gerücht, daß sie übernatürliche Kräfte besitzt …)

Gut, 'Channel of Love', komm her. Wie geht's mit dem 'Channelling' von Liebe, Premnadi?

Molto bene! *(Sehr gut!)*

(Nicht ein Schatten des Zweifels in ihrer Stimme!)

Molto bene? *(Lachen)* Gut, das klingt besser als beim letzten.

Ich versuche deine Ratschläge zu befolgen. Seit dem Beginn des Trainings habe ich viele schwere Prüfungen bestanden. Jetzt bin ich hier und möchte dich um weitere Ratschläge bitten.

Ratschläge wofür? Ich kann dir Rat erteilen von heute bis zum Jüngsten Tag für alles unter dieser Sonne: wie du dich kämmen sollst, wie deine Zähne putzen, wie deinen Rücken schrubben, wie aufwischen – für wirklich alles! Ich bin voller guter Ratschläge. Aber wofür? Das Leben? *(Lachen)*

Ich möchte wissen, ob ich auf dem richtigen Weg bin, oder ob ich Dinge ändern muß, wie beim letzten Mal.

Nun, zuerst einmal, auf welchem Weg bist du?

Ich weiß nicht … dem Weg des Lebens?

Dem Weg des Lebens? Bist du denn tot? Wenn nicht, dann bist du auf dem Weg des Lebens. Noch mehr Leben? Willst du mehr Leben? Was ist dieser Weg des Lebens? Wir sind alle auf dem Weg des Lebens ... ein Weilchen noch.

Wovon träumst du?

Vielleicht träume ich davon, ein gutes Kind zu werden.

Wozu? Wozu möchtest du ein gutes Kind werden? Glaubst du, du bekommst einen Preis im Himmel, wenn du ein gutes Kind gewesen bist? Wie in der Schule, eine gute Note? Was geben sie dir in Italien - kleine Medaillen? Noten? Zeugnisse?

Du hast mir schon früher Rat erteilt, in welche Richtung ich gehen soll. Jetzt möchte ich ihn, so gut ich kann, befolgen - ich möchte als erste am Ziel sein.

Jeder kann der erste sein. Weißt du, wir starten alle zugleich und erreichen absolut gleichzeitig das Ziel; jeder bekommt den ersten Preis. Du stehst mit niemandem in Konkurrenz. Dein Leben ist hier, und Seppos Leben ist dort, und hier ist Astras Leben - es gibt keine Konkurrenz.

Ich bin dir sehr dankbar.

Ich habe dir noch nichts gegeben.

Mir scheint, du hättest mir schon eine ganze Menge gegeben.

Noch nicht.

Was macht dir zur Zeit Freude?

Mit mir allein zu sein.

Dann ist das der richtige Weg. Und was tust du, wenn du mit dir alleine bist? Was tust du gerne, wenn du mit dir alleine bist?

> Mich spüren.

Aha. Das ist gut. Du stimmst dich auf dich ein, ja? Hast du das von mir gelernt? Dann habe ich dir doch etwas gegeben. Was machst du noch? Du spürst dich, und was noch?

> Ich fühle auch, daß ich etwas geben und andere lieben möchte, aber ich habe Angst, daß es aus meinem Ego kommt, und das blockiert mich irgendwie.

Du mußt das nicht tun. Du mußt nicht Liebe schenken.

> Was???

Nicht aus den falschen Beweggründen heraus. Wie zum Beipiel, um deinerseits geliebt zu werden, um bestätigt zu werden, um deine Vorstellung von einer liebenswerten Person erfüllt zu sehen. Wenn du alleine bist und dich genießt, schenkst du dir Liebe, weil du dir gibst, was du brauchst. Aber wenn du nach vorn schaust statt dorthin, wo du gerade bist, fängst du an, die erste sein zu wollen – „Wie steht's mit mir? Bin ich dem Ziel nahe?" Aber das Ziel ist hier und jetzt.

Es gibt viele Dinge zu entdecken, aber du mußt sie dort entdecken, wo du gerade bist. Und vielleicht entdeckst du dabei etwas, von dem du nichts gelesen oder gehört hast. Wenn du dir etwas zum Ziel gesetzt hast, und du hast es nicht erreicht, dann ist es entweder etwas, von dem man dir gesagt hat, daß es gut wäre, oder es ist etwas, das dein Verstand für gut erklärt hat. Aber was wirklich gut ist, kann nicht gesagt und nicht geschrieben werden.

Du versuchst, irgendwohin zu gelangen.

Wer ist diejenige, die das versucht? Was passiert ihr, wenn sie es nicht versucht? Was entdeckst du, wenn du es nicht versuchst?

Das Leben?

Vielleicht.

Aber du wirst nichts entdecken, wenn du so weitermachst. Was bedeutet es, wenn du sagst, du willst das Leben? Was meinst du damit? Es ist nur eine Idee. Du *hast* das Leben. Wie kannst du dir wünschen, hinter dem Leben herzujagen? Du *hast* das Leben.

Also habe ich vielleicht Angst vor diesem Leben?

Ob du Angst davor hast oder nicht, du hast es. Also macht es keinen Unterschied, ob du Angst hast oder nicht – du hast es.

Ich werde versuchen zu lernen, mehr mit mir selbst zu sein.

Nein!

Du *bist* gerne mehr mit dir allein; du mußt es nicht erst lernen. Ich sage dir nicht, daß du mehr mit dir selbst sein sollst; du erzählst mir, daß du gerne mit dir selbst bist. Also sage ich: „Okay, sei mit dir selbst", und du sagst: „Ich werde es versuchen." Jetzt stellst du alles auf den Kopf.

Wenn du gesagt hättest, du möchtest gerne gehen und auf Berge klettern, hätte ich gesagt: „Geh und klettere auf Berge." Wenn du gesagt hättest, du schaust dir gerne Fußballspiele an, hätte ich gesagt: „Geh zu einem Fußballspiel." Und dann sagst du: „Ich werde es versuchen."

Du brauchst nichts zu versuchen; sag einfach okay. „Ich fühle, ich möchte gern alleine sein" – das ist okay. „Aber wenn ich das mache, werde ich vielleicht nicht die erste sein, werde ich vielleicht nicht geliebt, werde ich vielleicht nicht die Liebe finden, werde ich vielleicht Angst haben." Wenn du von all dem losläßt, dann kannst du dir erlauben zu sein, wie du willst, und das bedeutet, ziemlich viel mit dir allein. Aber du machst sofort einen Kampf daraus und sagst: „Ich werde es versuchen."

Nein, nicht *versuchen.*

(Stille. Vogelgezwitscher und ein Hämmern in der Ferne. Sie wartet darauf, daß noch mehr kommt. Nach einer Minute, oder zwei, bemerkt sie, daß das alles war. Leise und nachdenklich steht sie auf und geht auf ihren Platz zurück.)

Über den alten Witz hinaus

(Sufi geht es an diesem Wochenende offensichtlich nicht so gut. Er ist ein Mann um die Fünfzig, mit einem angespannten und irgendwie entschuldigenden Gesichtsausdruck. Er weckt Sympathie und fordert zum Schmunzeln heraus – es ist viel von einem Gnom an ihm; es scheint, als hätte er einen Lebensstil daraus gemacht, komisch und harmlos zu sein.)

Wer ist der nächste?

Oder habe ich schon alle Fragen beantwortet?

(Lange Stille. Nun, bei Sufi sieht es nicht so aus, als ob alles klar und erledigt wäre. Er sitzt auf dem Boden, mitten unter den anderen, und spürt, daß er jetzt zu Michael hinausgehen sollte. Er beginnt sich zu bewegen, ist gerade dabei auf-zustehen – und dann überlegt er sich's doch wieder anders. Das geschieht zwei- oder dreimal, und immer mehr Leute, die um ihn herum sitzen, beginnen zu kichern.)

Worüber lacht ihr?

(Michael tut so, als ob er denen, die ihm am nächsten sitzen, zuflüstern würde – als ob er die Meditation nicht stören wollte, aber auch einen guten Witz nicht ver-säumen. Noch ein Versuch von Sufi – und aus dem Kichern wird lautes Geläch-ter.)

Worüber lacht ihr?

(Endlich schafft er es – geht hinaus und setzt sich vorne hin. Das war der erste Schritt. Er holt tief Luft, setzt zum Sprechen an ... Dann gibt er auf, schickt

Michael einen eindringlichen Blick und zuckt dabei entschuldigend mit der Achsel.)

Fast 'was gesagt! Ja, Sufi?

(Stille)

Nein, Sufi? Nicht heute, vielleicht morgen? Muß wohl noch ein bißchen kochen, hm?

Es wird für immer kochen! *(Lachen)*

Es ist schwierig, nicht zu kochen. Wenn du oben in der Luft bist, bist du glücklich und leicht – es kocht nicht; und wenn du unten am Boden bist, ist es schwierig – es kocht.

Also, wenn du die ganze Zeit hoch oben in der Luft wärst, das wäre okay? Ja? – Nun, die Vögel sind immer in der Luft, und sie machen manchmal den fürchterlichsten Lärm! Wie dem auch sei – du bist kein Vogel, und deshalb wird es nicht das Richtige für dich sein, das Bestreben zu haben, ständig in der Luft zu sein. Siehst du, das ist eine Dualität: hoch in der Luft zu sein – oder unten. Und du versuchst zu entdecken, wie man immer oben sein könnte. Aber Dualität muß gelöst werden, indem man etwas findet – wie in einem Dreieck –, das beides einschließt. Das ist es, was du dir nicht anschauen willst, und so machst du weiter damit, dich großartig zu fühlen, und dann enttäuscht und frustriert, als ob du auf einen Kuchen warten würdest, während der Backofen nicht eingeschaltet ist. Und du willst deine Intelligenz nicht benützen.

Das Betrübliche daran ist, daß du von Anfang an, als ich dir das erste Mal begegnet bin, sehr schnell begonnen hast, dich großartig zu fühlen – manchmal. Aber jetzt – wann immer ich dich sehe – verbringst du die ganze Zeit damit, herauszufinden, wie du wieder dort hinauf gelangen könntest. Und manchmal kommt es vor, daß du ganz oben bist, und dann kommst du wieder runter und sitzt nur da und wartest und wartest und wartest darauf *(er seufzt)*, daß es wieder passiert.

Nun, es ist gut, 'high' zu sein, weil es dir zeigt, daß du nicht immer 'down' sein mußt. Das ist wie wenn Leute weinen – dann kann ich sie sehr schnell wieder zum Lachen bringen; so lernen sie, daß sie nicht weinen müssen. Wenn sie dann aber die ganze Zeit lachen wollen, ist das genauso dumm, wie die ganze Zeit zu weinen – eigentlich noch schlimmer: du wirst total verkrampft, wenn du die ganze Zeit lachst.

Wenn du dich 'high' fühlst und dann wieder runter kommst, und du tust das tausendmal, dann würde ein intelligenter Mensch sagen, daß das nicht die Antwort sein kann. Was ist dann die Antwort? Du mußt anfangen, über das Bedürfnis, 'high' zu sein, hinauszuschauen. 'High' zu sein, ist eine Möglichkeit, 'down' zu sein, ist eine Möglichkeit – eine Möglichkeit für wen? Für was? Das ist es, was du dich fragen mußt.

Wer ist derjenige, der den Ehrgeiz hat, die ganze Zeit 'high' zu sein?

> Das Bestreben besteht nicht darin, immer 'high' zu sein, sondern die zwei zusammenzubringen, das 'High'-Sein und das 'Down'-Sein.

Sie *sind* zusammen! Da! Da, da, da! In jedem! In jedem sind sie schon zusammen.

> Oft verliere ich die Verbindung zwischen 'high' und 'down', oben und unten.

Nein, nein. Sie sind zusammen.

Aber du willst sie nicht beide akzeptieren. Du machst sie zu etwas Getrenntem, weil du zum einen ja sagst und zum anderen nein – und dann sind sie nicht mehr zusammen. Ansonsten sind sie vereint. Innerhalb von fünf

31

Minuten sehe ich dich oben und unten - sie sind zusammen. Und wie wirst du 'high'? Ich weiß nicht, wie du 'high' wirst, wenn ich dich nicht sehe, aber ich weiß, wie du 'high' wirst, wenn ich dich sehe, und zwar, indem du mich anschaust und mit mir Verbindung aufnimmst. Und deshalb schaust du mich immer weiter an und bittest mich, dich wieder 'high' zu machen und dich dort oben zu lassen, bis wir uns das nächste Mal wiedersehen. Aber du bist *so* faul! Du bist einfach unglaublich faul! Das ist wahr. Und du möchtest, daß ich es für dich tu. Und das kann ich nicht. Und selbst wenn ich es könnte, würde ich es nicht tun. Andernfalls - was passiert, wenn ich sterbe? Boing! Das bringt nichts.

(Sufi bewegt sich; sieht so aus, als ob er damit beginnen würde, etwas zu erklären ...)

Jetzt hör einen Moment lang nur zu und suche nicht nach einem Ausweg! Du wirst 'high' und kommst wieder runter - das ist das Leben auf einer Ebene. Der Sinn besteht nicht darin, immer oben zu sein, sondern darin, zu sehen, daß 'High'-Sein nicht das Wahre ist, und 'Down'-Sein ebenfalls nicht; zu sehen, daß beides möglich ist, daß viele Dinge möglich sind. Wenn viele Dinge möglich sind, dann kann keine dieser Möglichkeiten 'Es' sein, weil sie niemals von Dauer sind - sie kommen und gehen. Was auch immer kommt und geht, das kann nicht 'Es' sein. Sonst würde es nicht verschwinden, weil - was auch immer 'Es' ist - es ist immer da.

Ein Sucher ist jemand, der danach sucht, was *immer* da ist; und das erfordert viel Energie und große Entschlossenheit -

- *oder* solch eine Faulheit, daß du alles aufgibst und schaust, was übrigbleibt. Siehst du, wenn du einfach nur total faul wärst, könntest du die Wahrheit vielleicht finden, aber wenn ich dich 'high' mache, lenke ich dich davon ab. „Ah ...", wirst du sagen, „hier gibt es eine leichte Art, 'high' zu werden, die Wahrheit zu finden." Aber dem ist nicht so. Ich kann dich nicht Faulheit lehren; du bist außerdem sowieso schon faul - das braucht man dir nicht erst beizubringen. Dann sagst du: „Wenn ich von Natur aus faul bin, dann kann ich es vielleicht lernen, indem ich total faul bin!" Aber das brauche ich dir dann nicht beizubringen – und auch kein anderer.

Aber wenn du mich nach einer Methode fragst, kann ich dir eine Methode geben, und du mußt mit ihr arbeiten.

Siehst du, du bist wirklich unreif, du bist einfach ein kleiner Junge. Ich spreche mit dir wie mit Leonore *(Michaels kleine Tochter)*. Du bist ein komischer Mann, und ich spiele mit dir – du bist einfach ein kleiner Junge. Nun, um zu tun, was ich dir vorschlage – herauszufinden, wer da rauf und runter geht – , dazu mußt du arbeiten, und auf diese Weise wirst du reif. Vielmehr *ist* es schon ein Zeichen von Reife, sich dafür zu entscheiden, daran zu arbeiten. Aber du willst nicht hören. Du möchtest spielen, du möchtest mit dem Löffel gefüttert werden! Sogar Leonore ißt viel lieber mit ihrem eigenen Löffel, und dabei ist sie erst vier Jahre alt; du bist jünger als Leonore, du möchtest die ganze Zeit gefüttert werden. Schluß damit! Du bist lange genug ein Witz gewesen. Einfach ein Witz!

Du hast natürlich die Freiheit, für den Rest deines Lebens ein Witz zu sein, aber willst du das wirklich? Hast du nicht genug davon? Vierzig Jahre lang, oder noch mehr, ein Witz gewesen zu sein – das ist lange genug.

Das, was ich dir jetzt sage, würde sich ein reifer Mensch selbst sagen.

Ich verstehe, was du sagst, aber vielleicht kann ich dir eine Erklärung geben ...

Erklärung!? Ich bin überzeugt davon, daß du das kannst; ich bin überzeugt davon, daß du dir selbst das ganze Leben lang Erklärungen gegeben hast. Es ist ein Zeichen von Unreife, Erklärungen anzubieten.

(Er beginnt eine lange Erklärung in Italienisch an die Übersetzerin. Das meiste ist jedoch nie übersetzt worden.)

Erklärung!

Die meisten Menschen nehmen die Dinge oft zu ernst; und enden darin, Energie für Aggressionen zu verwenden …

(Noch bevor die Übersetzerin weitermachen kann, unterbricht Michael.)

Also, Aggression bringt es nicht, und ein Witz zu sein, bringt es nicht, und abhängig zu sein, bringt es nicht, und faul zu sein, bringt es nicht; also finde etwas, das funktioniert!!!

Es hilft nichts, wenn du mir erzählst, daß du ein Komiker bist, weil es nichts bringt, ernst zu sein – das bringt's auch nicht; keines von beiden bringt's. Das ist nur eine weitere Dualität. Gerade jetzt willst du mit mir reden und etwas erklären; und deine ganze Energie macht Bumm, bumm, bumm! weil ich dich so hart treffe. Als reifer Mensch würdest du *den Mund halten* und es einfach nur fühlen, weil dich das an einen neuen Ort bringen könnte. Ich bin nicht daran interessiert, dich zu kritisieren, ich bin daran interessiert, dir zu helfen, indem ich dir etwas zeige. Also, warum nicht einfach DEN MUND HALTEN und fühlen, was in dir geschieht.

(Er murmelt immer noch ein oder zwei Sätze zur Übersetzerin, bevor er einsieht, daß er mit seinen Erklärungen und Entschuldigungen ebensogut aufhören kann. Es hört sowieso niemand mehr zu. Eine Minute später geht er zurück. Er hat doch wieder ein wenig in sich aufgenommen – aber der Kampf ist offensichtlich noch nicht vorbei.)

Den Schrank heilen

Noch jemand?

(Ein großer Mann, um die Fünfundzwanzig, kommt nach vorn und setzt sich entspannt hin. Er ist offensichtlich griechischer Abstammung. Er spricht wohlüberlegt und – für einen Italiener – langsam. Obwohl er über seine eigene Geschichte schmunzeln muß, ist es für ihn sicher nicht nur ein Spaß.)

Seit ich aus Zürich zurückgekommen bin, habe ich begonnen, die unglaublichsten Dinge zu tun. Ich habe angefangen, mit dem Schrank und den Stühlen Energieheilungen zu machen … *(Lachen)*

Energieheilen, mit dem Schrank? *(Lachen)*

… meinem Bruder Massagen zu geben, mit meiner Großmutter Mandalas zu machen. *(Lachen)* Auch bei meiner Arbeit – ich muß in öffentliche Ämter gehen – habe ich versucht, mich auf diese Situationen einzustimmen und diese Menschen zu fühlen. Aber ich habe erkannt, daß ich es irgenwie mit der Absicht getan habe zu zeigen, was ich kann. Nachdem ich das gesehen hatte, habe ich meine Füße wieder fest auf den Boden gestellt. Und dabei habe ich bemerkt, daß ich nicht genug verwurzelt bin, nicht genug geerdet.

Und jetzt weiß ich nicht, wie ich mich verhalten soll.

Gut so!

Aber du tust es doch. Nun, wenn du nicht weißt, wie du dich verhalten sollst, und du zeigst ein bestimmtes Verhalten – wer ist dann derjenige, der das tut?

Das bin immer noch ich, das bin immer ich.

(Eine Minute oder zwei besteht zwischen ihnen ein lächelnder Augenkontakt...)

Irgendwie würde ich es gerne für den Moment so belassen, aber ich würde auch sagen, daß du nicht geerdet bist. Der Körper ist immer geerdet; wenn jemand sagt, daß er nicht geerdet ist, dann meint er, daß er keine gute Beziehung zu seinem Körper hat, der an sich geerdet ist. Vom Verstand wird nicht erwartet, daß er geerdet ist, von Bewußtheit wird nicht erwartet, daß sie geerdet ist. Es ist sinnlos, der Bewußtheit Ketten anzulegen. Bewußtheit ist *Space*. Der Körper ist geerdet; er ist ein Teil von dir, ein notwendiger Teil von dir – du mußt ihn miteinbeziehen. Wenn du deinen Körper miteinbeziehst, bist du geerdet, wenn du geerdet sein mußt.

Du bist aus Zürich zurückgekommen und warst ein neuer Mensch. Du hast es ausprobiert als eine neue Art, in Bologna zu sein, als eine neue Art, in öffentlichen Ämtern zu sein, mit Möbeln umzugehen, oder mit deiner Großmutter zu sein, deinen Nachbarn, mit jedem, auch den Blumen, und du hast herausgefunden, daß es nicht immer passend war. Aber in manchen Situationen ist es sehr wohl angebracht, und das hast du jetzt entdeckt. Du dachtest also, du hättest *den* Weg gefunden, wie man leben soll. Das gibt es nicht – zu lehren oder von jemandem zu lernen, *wie man leben soll.* Aber es gibt eine Art, das Leben zu spielen, und du bist der Spieler, und du kannst spielen, wie es dir gefällt.

Wenn du ein guter Spieler bist, wirst du auf eine angemessene Art und Weise spielen. Du würdest nicht zum Bankmanager gehen und so machen. *(Michael macht bestimmte Bewegungen mit seinen Händen; Lachen unter den Zuhörern.)* Siehst du? Es ist nicht angebracht. Es mag eine mögliche, authentische Antwort sein; für mich ist es das manchmal. Ich treffe eine Hotelmanagerin – ich habe mich gerade für einige Tage in Florenz aufgehalten –, und wenn ich die Managerin oder eine andere Person ansehe, kann ich sie wirklich auf einer Energieebene wahrnehmen. Ich kann fühlen, wie meine Hände so machen möchten. *(Er macht noch so eine Bewegung.)* Aber das würde nicht stimmen; also strecke ich meine Hand aus, schüttle ihre und sage: „Hallo!" Das andere würde nicht stimmen; aber das verleugnet nicht, daß die Möglichkeit dazu besteht. Bevor ich noch irgendetwas von Energie wußte, wäre es einfach nur ein „Guten Tag" gewesen. Jetzt kann ich tatsächlich fühlen, wie die Energieverbindung es mir ermöglicht, das Händegeben mit mehr Direktheit und größerem Reichtum zu erfahren, weil ich sie auch auf einer Energieebene begrüße, obwohl ich nicht diese Bewegung mache. Das, was sie repräsentiert, ist auch da, zwischen mir und dieser Fremden. Für sie bin ich vielleicht nur ein Gast, aber für mich ist sie noch mehr: Sie ist ein Energiewesen.

So also spielt man das Spiel des Lebens.

Unterwegs jedoch, bereichert es unser Leben.

Nehmen wir einmal an, du begegnest einer Frau. Du empfindest ein schönes Gefühl für sie, du fühlst dich wie Bruder und Schwester. Ihr geht aus, genießt ein schönes Abendessen, plaudert übers Leben, und sie ist wirklich eine gute Freundin. Du fühlst dich nicht sexuell zu ihr hingezogen, und sie nicht zu dir; es ist eine sehr angenehme Beziehung. Du gehst mit ihr ein Jahr lang aus, und plötzlich kommt für euch die Sexualität mit ins Spiel; sofort ist die Beziehung bereichert. Ihr schlaft miteinander, ihr haltet euch an den Händen, umarmt euch, aber ihr seid immer noch Freunde, weil das schon vorher da war. Euer Leben ist bereichert worden. Und dann fangt ihr an, euch für Therapie zu interessieren. Also beginnt ihr, euch gegenseitig eine Massage zu geben – nicht eine sexuelle, sondern eine richtige körperliche, die gegen die Verspannungen im Körper hilft. Ihr lernt Tai-Chi miteinander, ihr steht am Morgen auf und macht zusammen Tai-Chi. Ihr lernt Gestalt-Therapie, und wenn einer von euch ein Problem hat, wendet ihr die Gestalt-Methode an; du bist der Therapeut für sie, und sie ist der Therapeut für dich. Und wieder ist die Beziehung bereichert. Und dann fangt ihr an, euch wirklich für spirituelle Dinge zu interessieren, und ihr lernt miteinander zu meditieren, lernt miteinander zu sitzen, einfach Angesicht zu Angesicht, und euch eine Stunde oder einundeinhalb aufeinander einzustimmen – nichts anderes zu tun als nur das. Vielleicht beginnt ihr tantrischen Sex miteinander zu machen, was eine Kombination von Meditation und Sex ist. Und jedesmal wird die Beziehung bereichert.

Das ist möglich. Du hast etwas über Energie gelernt, und das hat dein Leben bereichert. Aber wenn du, wie in diesem Beispiel, diese Freundin hast, und dann Sex dazukommt, und ihr macht nichts anderes mehr, als miteinander zu schlafen, und könnt nicht mehr miteinander reden – dann wäre euer Leben nicht bereichert worden. Ihr hättet etwas gewonnen, aber auch etwas verloren.

Also, dieses Verstehen von Energie und Energiewesen, und daß du dich auf einen Schrank einstimmen kannst und deiner Großmutter helfen – das stimmt alles, aber es ist dem Leben *hinzugefügt*.

Sagt dir das etwas?

Letztendlich gibt es keine solchen Stufen; plötzlich ist alles vereint. Es ist so, als ob du zuerst die Leiter hinaufsteigen und sie dann wegstoßen müßtest. Aber auf dem Weg nach oben ist es nicht gut, darüber zu reden, daß die Leiter weggestoßen werden muß. Zuerst mußt du nach oben klettern und jede Möglichkeit ausprobieren, und jede fühlt sich wie ein eigener Schritt an. Seltsamerweise mußt du zuerst alles hinzufügen, und dann mußt du alles wegwerfen. Aber erst, wenn alles beisammen ist. Zuerst mußt du den Kreis größer und größer machen, so wie Kreise auf dem Wasser – und dann mußt du ... fft! in das Zentrum des Kreises zurückkehren.

Als ich mit Sufi gesprochen habe, habe ich gesagt, daß du, wenn du wirklich faul bist, alles über die Kreise auf dem Wasser vergessen kannst und sagen, daß absolut nichts der Mühe wert sei, getan zu werden. Wenn du das wirklich tust und erforscht, kannst du im Zentrum des Kreises bleiben und brauchst da nicht hindurchzugehen. Es ist schwer, aber es ist möglich. Bhagwan sagt, er habe seine Erleuchtung so erlangt, aber mit Intelligenz: immer mehr schien alles sinnlos zu sein, also hörte er auf, irgendetwas zu tun. Er erzählte gerne, daß er, als er an der Universität war, manchmal aus seinem Zimmer gehen mußte; deshalb stellte er sein Bett direkt neben die Tür, so daß er nicht immer das Zimmer durchqueren mußte: er konnte aus dem Bett aufstehen, die Tür öffnen und direkt auf den Gang hinausgehen.

Meistens saß er einfach nur da und tat nichts. Hör zu, Sufi, dieser Weg könnte für dich der richtige sein. Bhagwan erzählte früher, daß er zu Hause bei seiner Mutter gesessen wäre – er hatte viele Brüder und Schwestern –, und seine Mutter hätte gesagt: „Oh, mein Gott, ich habe vergessen, Reis zu kaufen!" und Jung-Rajneesh wäre dort gesessen, und sie hätte sich umgeschaut und gesagt: „Oh, ich muß selbst gehen und welchen holen." Sie hatte aufgehört, ihn überhaupt wahrzunehmen; er war so nutzlos, daß sie aufgehört hatte, ihn als jemanden zu zählen, der möglicherweise gehen und etwas erledigen könnte. Ich meine, er ist wirklich ein fauler Mann.

Das ist *ein* Weg, siehst du?

Aber der andere Weg ist der, den ich auch Sufi verständlich machen möchte: du mußt immer weitergehen, und hinzufügen und hinzufügen und hinzufügen, bevor du das Ganze wegwerfen kannst. Aber er ist in der Mitte steckengeblieben; er steckt auf der zweiten Sprosse und will nicht die Anstrengung auf sich nehmen, eine weitere zu besteigen, und er will auch nicht absolut nichts tun. Er sieht weiterhin das Licht am Ende der Leiter scheinen, schaut mich an und sagt: „Also, du dort oben am Ende der Leiter – willst du mich nicht zu dir hinaufziehen?" Und ich sage, er muß die Leiter selbst ersteigen, oder alles über die Leiter vergessen, herunterfallen und sagen: „Genug! Schluß damit!"

Dieser Weg, nämlich gar nichts zu tun, würde für dich nicht stimmen; für dich ist es Hinzufügen, Probieren und Erforschen. Du kommst nach Hause und beginnst sofort, mit dem Stuhl Energiearbeit zu machen. Das ist schön.

Ist eine Giraffe aus ihm geworden, oder etwas anderes? Ist dir das gelungen? Das ist großartig; denn Stühle haben natürlich Energie.

Klar kannst du mit einem Stuhl arbeiten, keine Frage!

Über Kamele lernen

(Sie betritt den Kreis auf eine stille, leichtfüßige Art, schaut Michael direkt an und beginnt sogleich zu sprechen.)

Ich hänge so an meiner Familie. Ich komme immer wieder los und ...

Was ist daran so ungewöhnlich?

Du verstehst das ... Es ist nur eine Entschuldigung, die ich für mich aufrechterhalte, um nicht ...

Um nicht?

Um nicht ... Um nicht ...

Hihi ...

Wirklich? Um was nicht zu tun?

Meine Eltern sind Bauern, sehr verwurzelt; und irgendwie fühle ich mich sehr davon angezogen, und gleichzeitig fühle ich, daß ich es schon versäumt habe, weil ich immer schon viel herumgereist bin und andere Dinge gemacht habe.

(Vandana ist eine junge, warmherzige Frau, groß für eine Italienerin. An ihr ist tatsächlich nicht viel von einem Mädchen vom Lande; vielmehr umgibt sie der Flair italienischen Großstadtlebens. Im Gegensatz zu den meisten anderen nimmt sie die Hilfe der Übersetzerin nicht in Anspruch, sondern spricht Englisch mit Michael.)

41

Also fühlst du umso stärker, daß du damit in Berührung bleiben mußt? Es ist ein Teil von dir, den du nicht lebst, aber wenn du zurückgehst, wirst du daran erinnert. Deshalb ist es dann so, als ob es dir zurückgegeben würde, nicht wahr? Deshalb traust du diesem Gefühl nicht wirklich, hm?

Es ist als ob du in den Spiegel schauen würdest, um zu sehen, ob du noch da bist. Zählst du deine Füße, bevor du gehst?

Siehst du, es gibt viele Ebenen, auf denen du dein Leben leben kannst. Die Verbindung mit der Familie ist eine sehr starke, aber abhängig von der Dimension, in der du lebst, wird sie von mehr oder weniger Bedeutung sein. Für jene, die im Kreise ihrer Familie leben, ist sie wirklich wichtig, weil sie ein unmittelbarer Teil ihrer Realität ist. Wenn du wegziehst ist sie immer noch wichtig; sie mag dann noch im Herzen oder Kopf wichtig sein, im Gegensatz dazu, daß sie jeden Moment in deiner Realität wichtig ist, wenn du auf dem Hof arbeitest. Wenn du sie im Herzen oder im Kopf fühlst, ist sie immer noch da, aber auf eine andere Weise. Oder du kannst sehr weit weg- ziehen und deine Eltern, deine Familie fast ganz vergessen – das ist mög- lich; es muß möglich sein, weil die Situation so beschaffen sein könnte, daß du vergessen müßtest. Wenn jemand dazu gezwungen würde, weit weg von seinen Eltern zu leben, würden sie natürlich einige mehr und andere weni- ger vermissen. Aber allmählich würde das in jedem Fall nachlassen; für einige Leute würde es nicht verschwinden, aber es würde nachlassen.

Du hast also die Wahl. Siehst du, wir müssen erkennen, inwieweit das, was wir tun, darüber entscheidet, wie wir sind.

Für einen Mann, zum Beispiel, ist es fast unmöglich, mit einer Frau zusam- menzuleben, ohne sich zuguterletzt in sie zu verlieben. Ich glaube das wirk- lich, weil die Frau in allen Frauen ist; und die Männer lieben wirklich die Frauen – mehr als die Frauen die Männer lieben – das ist mein Gefühl. Ein Mann braucht eine Frau mehr als eine Frau einen Mann, obwohl das Gegen- teil der Fall zu sein scheint. Es bedarf einer Art von Vervollkommnung, die eine Frau einfach von Himmel und Erde bekommen kann – nicht so, wie es die Gesellschaft gemacht hat, aber auf natürliche Weise. Und ein Mann wird das, was er von einer Frau braucht, in jeder Frau finden, solange er mit ihr zusammen ist. Aber wenn er nicht gerade *wirklich* mit ihr zusammen ist, wird er höchstwahrscheinlich die eine vergessen und sich in eine andere verlieben, die gerade da ist. Nur wenige Frauen sind so, daß man sich nicht in sie verlieben kann, aber viele Männer sind wirklich Scheißkerle. Natürlich gibt es Frauen, die solche Scheißkerle mögen, aber im großen und ganzen sind viele Männer nicht liebenswert. Die meisten Frauen hingegen sind liebenswert, weil sie gute Herzen haben, weiche Herzen. Sie werden sich öffnen, und ein Mann wird eintauchen.

Du wirst also, wenn du mit einer Frau zusammenlebst, eine Situation schaffen, in der Liebe da ist. Wenn du viel Zeit mit deiner Familie verbringst, wirst du eine starke Verbindung zu ihr schaffen. Du sagst, du kannst sie nicht verlassen, weil du eine starke Bindung zu ihr hast. Aber bis zu einem gewissen Grad schaffst du sie erst, indem du so oft mit ihnen zusammen bist.

Ich gebe dir keine Empfehlungen, versteh mich richtig – ich zeige dir nur etwas auf. Wenn du wegziehen würdest, wenn du nach Deutschland gehen würdest, wie du es schon erwogen hast, und ein Jahr dort leben würdest, wäre deine Familie in deiner unmittelbaren Situation nicht so gegenwärtig, und du würdest nicht jeden Monat oder jede Woche bei deiner Familie hereinplatzen und ein paar Tage mit ihr verbringen. Sie würde an Bedeutung verlieren. Sie wäre immer noch da, aber sie würde nicht einen unmittelbaren Teil deiner Realität darstellen, und deshalb würde diese Verbindung nicht so eine Anziehungskraft für dich haben.

Wir passen uns einer Situation an, weil wir keine festgelegten Dinge sind. Stell eine Giraffe irgendwohin, wo keine Bäume wachsen, und sie wird sterben; sie ist weniger anpassungsfähig, sie muß in einer bestimmten Umgebung sein. Aber Menschen können in ganz verschiedener Umgebung existieren.

Also, natürlich ist die Verbindung zur Familie da, aber die Intensität wird davon abhängen, wie nahe du ihr bleibst – das ist eine Tatsache. Wenn du sie oft siehst, wirst du umso mehr das Gefühl haben, daß du hingehen und sie sehen mußt, weil sie wichtig ist. Und so dreht sich das Ganze einfach im Kreis. Da ist nichts falsch daran, denn es ist wunderschön, wenn du deine Familie genießt und spürst, daß diese Qualität dort ist, die du in deinem Leben sonst vermißt. Es ist schön, aber nicht überraschend.

Natürlich mag es sein, daß du sie als Ausrede benützt, um nicht abenteuerlustiger zu sein; aber es könnte auch nur eine Idee sein, abenteuerlustig zu sein. Du mußt spüren, was für dich wahr ist, ob du experimentieren willst oder nicht. Aber wenn du experimentieren möchtest, und wenn du irgendwohin gehen möchtest – ich versuche gerade, da ein wenig Klarheit hineinzubringen –, dann wird sich die Beziehung zu deiner Familie verändern. Du würdest einfach ein neues Energiefeld schaffen.

Man hat eine ungeheure Wahl in seinem Leben. Aber wir glauben, wir hätten sie nicht, weil wir diese Bindungen für etwas Endgültiges halten.

Von uns selbst loszulassen, ist das gleiche. An unsere Beengtheit, unsere Kleinheit, unsere Egos – sogar wenn sie schmerzhaft sind – gebunden zu sein, gibt uns ein Gefühl von: „Nun, außerhalb davon – weiß Gott, was dort ist – könnte ich verloren gehen." Aber du gehst dort hinaus, und eine ganz andere Art von Beziehung, eine ganz neue Art von Realität kann sich ereignen.

Was ist ein Mönch? Der Mönch geht in ein Kloster, läßt seine Familie zurück, läßt seine Freunde zurück, läßt die Stadt zurück, läßt alle Unterhaltung hinter sich, die Filme, die Musik, und geht in ein Kloster. Und binnen sechs Monaten kann er ein glücklicher Mann sein, weil all das durch etwas anderes ersetzt worden ist: durch Meditation, dadurch, daß er entdeckt, daß Bäume so viel schöner sind, durch das Graben im Garten und Fühlen, daß die Verbindung mit der Erde so phantastisch ist. All diese anderen schönen Dinge haben keine Bedeutung mehr. Wenn er zurückgehen würde, dann würde sein Interesse für sie vielleicht wieder erwachen.

44

Man fühlt sich selbst und seine Verbindungen. Man sagt: „Gut, jetzt bin ich hier; was kann ich entdecken? Was gibt es hier?" Man ist offen für neue Dinge – abhängig von der Situation.

Aber jemand könnte sagen: „Was? In ein Kloster? Das ist das Letzte!" Aber wenn man sie wirklich in eines stecken würde, würden viele dieser Leute, die sagen, daß es für sie unmöglich wäre, entdecken, daß sie dort ein gutes Leben hätten. Sie würden plötzlich vollkommen neue Dinge finden, die sie begeistern, die ihnen das Gefühl geben würden, schön und kreativ zu sein. Das würde mit vielen Leuten geschehen, aber sie können es sich nicht vorstellen, weil sie sich mit demjenigen identifizieren, der gerne ins Kino und in die Disko geht.

Aber diese Dinge stellen nicht das Höchste dar – sie bringen nur die Energie auf eine bestimmte Art in Bewegung. Verändere das Energiefeld, und du wirst sehen, daß andere Dinge die Energie bewegen.

Ihr wißt ja, gestern waren wir in Florenz. Wir waren in einem Hotel außerhalb von Florenz, oben in den Hügeln. Ich bin schon einige Male in Florenz gewesen, ich kenne die Stadt ganz gut; ich war nicht daran interessiert, dort hinunterzugehen. Zuguterletzt haben mich die Mädchen doch dazu überredet, und gestern vormittag sind wir hinuntergefahren. Es war alles dort – der Dom, die Uffizien ... Ich war nicht daran interessiert, irgendetwas zu sehen, und ich konnte nicht schnell genug ins Hotel zurückkommen. Vor zehn Jahren hätte ich mir den Dom von außen und innen angeschaut, all die Fresken und Bilder. Siehst du, das war irgendwie mein Leben zu einer Zeit, als ich mich unheimlich für Kunst interessierte. Aber jetzt sind es andere Dinge: im Garten sitzen, hier ein Buch, herumspielen, der Blick auf die Stadt und einen wunderschönen Garten – das war für mich viel attraktiver als in Kunstgalerien herumzulaufen, weil ich in einen *Space* vorgedrungen bin, in dem ich mich von anderen Dingen angezogen fühle. Aber irgendwie bin ich dieselbe Person; ich treffe nur eine andere Wahl.

Du mußt also erkennen, daß du der Kapitän deines Schiffes bist, und du kannst im Hafen bleiben und ein bißchen herumsegeln, oder du kannst hinaussegeln wie Columbus, zu neuen Ufern. Aber es geht nicht darum, wie toll du bist, wenn du das machst, es ist nur die Frage, wofür du dich entscheidest.

Ist dir das irgendwie eine Hilfe? Ja? Kannst du etwas damit anfangen? Bringt es etwas hoch?

(Die Session ist vorbei. Vandana geht auf ihren Platz zurück.)

Habt ihr das verstanden, was ich zu Vandana gesagt habe? Seht ihr, die Dinge, die wichtig zu sein scheinen, sind nur wichtig in Bezug auf die ganz bestimmte Art, wie wir gerade leben; und wenn du deine Art zu leben änderst – oder wenn irgendein Ereignis, eine Katastrophe, etwas Umwälzendes in deinem Leben die Art, wie du lebst, verändert – dann werden dich andere Dinge interesssieren, und Dinge, die vorher wichtig erschienen, werden nicht mehr diese Bedeutung haben. Wir sind keine festgelegten Dinge; wir sind wie Tintenfische, strecken unsere Fühler hierhin und dorthin aus, und dann bewegen wir uns in einen anderen *Space* und strecken sie hierhin und hierhin und dorthin aus und nehmen über unsere 'Energielinien' Verbindung auf.

Stellt euch vor, wir würden uns dazu entschließen, anstatt hier mit der Gruppe weiterzumachen, loszugehen und ein paar Kamele aufzutreiben, und die ganze Trainingsgruppe würde ein paar Tage damit verbringen, mit den Kamelen die Wüste zu durchqueren. Nun, wir wären nicht daran interessiert, Mandalas zu machen, sondern wir würden eine Menge über Kamele lernen – oder einige von uns wenigstens – und was für schwierige Biester sie sind! *(Lachen)* Und vielleicht auch, wie man Pflanzen in der Wüste findet, und Nahrung, oder was auch immer, wie man kocht, und wie schön es ist, in der Wüste draußen zu schlafen – was ich getan habe. Du kannst in keiner Richtung irgendetwas sehen, alles ist flach – und dann diese Aufregung, wenn plötzlich jemand irgendwen auf einem Kamel aus der anderen Richtung kommen sieht; alle werden unruhig und aufgeregt: „Da kommt jemand! Was für ein phantastischer Anblick! Ein Mensch in der Wüste auf einem Kamel! Noch ein Mensch!"

Bhajan würde alles über Deutsche Schäferhunde vergessen – er würde Kameltrainer werden. *(Lachen)* Und plötzlich, wenn wir so weiterziehen würden, würden viele Leute denken: „Das ist ein großartiges Leben!" Jemand würde zu Vandana sagen: „Was ist mit deiner Mama und deinem Papa?" und sie würde sagen: „Mit wem? Ah, Mama und Papa, richtig – ich muß daran denken, ihnen eine Postkarte zu schicken, wenn wir das nächste Dorf erreichen!"

Seht ihr, dieses Sich-gebunden-Fühlen liegt nicht so sehr in den Dingen begründet als vielmehr in unserem Bedürfnis, uns mit dem, was um uns ist, verbinden zu wollen.

Eine Sprosse höher

(Sie bewegt sich vorsichtig durch die Gruppe. Dhyana – eine stille, attraktive Frau um die Fünfunddreißig, die gewöhnlich irgendwo weit hinten sitzt und nicht aufzufallen versucht. Jetzt scheint sie sich jedoch entspannt und vertraut mit der Situation zu fühlen, vor Michael und der ganzen Gruppe zu sitzen. Sie stellt ihre Frage in fließendem Englisch:)

Du hast früher einmal gesagt, daß wir uns manchmal ändern müssen und schauen, was das beste für uns ist. Als ich verändert nach Hause zurückkam, merkte ich, daß sie mich nicht mehr wollten – sie wollten mich so, wie ich früher war. Ich versuchte herauszufinden, was das beste für mich war, und jeder wies mich zurück; sie sagten, ich sei einer Gehirnwäsche unterzogen worden und ich sei ihnen fremd geworden. Sie sahen nicht, daß ich mein wirkliches Selbst war – zumindest empfinde ich es so; sie sagen, daß ich bloß alles ändern will. Sie mögen mich nicht so, wie ich bin, mein Mann und meine Familie; nur meine Kinder mögen mich lieber als zuvor. Das ist nicht viel, aber es tut gut! *(Lachen)* Die Erwachsenen mögen mich nicht mehr! Und ich glaube, ich habe mein ganzes Leben damit verbracht, ihnen zu gefallen; und jetzt, glaube ich, ist es Zeit für mich, meinen eigenen Weg zu gehen. Aber das ist schwierig.

Lebst du mit deinen Kindern zusammen?

Ja, nur mit ihnen – nicht mit dem Rest der Familie.

Was ist schwierig?

Es ist schwierig, weißt du, da den Ehemann zu haben, der sich beklagt, und meine Eltern, die sich beklagen; und ich muß auch ganz allein für die Kinder sorgen. Und jeder sagt, daß ich mich so verändert habe, daß ich eine Schande für die Familie bin – das ist es, was ich zu hören bekomme.

Inwiefern hast du dich ihnen gegenüber verändert? Was hat sich ihrer Meinung nach so an dir verändert?

Irgendwie bin ich mehr mit mir allein. Ich habe mehr Zeit zum Lesen und Musikhören. Zuvor war ich eben die normale Hausfrau, die den ganzen Tag arbeitet; jetzt versuche ich, mehr Zeit für mich selbst zu haben. Mein Ehemann lebt nicht mehr mit mir zusammen – das ist es, was sie stört. Ich habe ihn gebeten auszuziehen, weil die Spannung für mich zu groß war.

Nun, du sagst, du fühlst dich ...

Ja, ich fühle mich besser als je zuvor.

Siehst du, in gewisser Weise haben sie recht. Du bist auf eine andere Art du selbst. Du hast dich dafür entschieden, auf eine andere Art du selbst zu sein. Gewissermaßen, Dhyana, sind wir nichts Bestimmtes; und – wie ich es zu einigen von euch gesagt habe, besonders zu Vandana – du hast die Wahl, so oder so zu sein. Aber bis du entdeckt hast, daß du nichts Bestimmtes bist, sondern dieses Etwas, das all diese anderen Möglichkeiten ist, oder sein kann, ist es schwer, diese anderen Möglichkeiten zu leben.

Es ist schwierig, zum Beispiel, mitten in der Stadt wie ein Mönch zu leben. Du kannst wie ein Priester leben, mitten in der Stadt; Priester zu sein, liegt dazwischen. Aber sogar wenn du ganz für dich allein zu Hause lebst und den ganzen Tag meditierst, oder was immer Mönche tun mögen, und gerade nur hinausgehst, um deine Einkäufe zu erledigen, macht es die ganze Energie einer Stadt schwer, wie ein Mönch zu leben. Die Energie eines Klosters macht es viel leichter, weil alle anderen auch so leben.

50

Das Leben als Mönch ist vorbei, wenn er erkannt hat, daß er kein Mönch ist, und daß er Mönch geworden ist, um herauszufinden, daß er keiner ist. Dann kann er alles sein, dann hat er die Wahl. Dann kannst du genau das Spiel spielen, das dir gefällt. Das kannst du nicht, solange du nicht gesehen hast, daß du nichts Bestimmtes bist. Es ist wie mit der Leiter: wenn du das Ende erreicht hast, kannst du sie wegstoßen. Aber um die Schritte von einer Sprosse zur nächsten zu machen, benötigt man ein wenig Unterstützung; sonst ist es sehr schwer.

Jetzt hast du einen Schritt gemacht, so wie ich es sehe, in die richtige Richtung, weil man dieses Nichtexistieren nur entdecken kann, wenn man ganz mit sich selbst ist; nur dann kann man sehen, was dieses Selbst ist. Dann entdeckst du, daß es nichts Bestimmtes ist – aber das sind nur Worte, solange du nicht allem nachgegangen bist, was es zu sein scheint. Zuerst mußt du alles entdecken, was das Selbst zu sein scheint, du mußt dich in seine verschiedenen Aspekte verlieben und sagen: „Ja, das ist auch ein Teil von mir, den ich liebe", und dann erkennst du, daß das auch eine Möglichkeit ist, einfach ein anderer Schatten – ein schöner Schatten, aber eben nur ein Schatten – von etwas, das auf die Wände verschiedener Aspekte von *Space* gespiegelt wird. Sogar wir im *Energie-Space* sind nur ein Spiegelbild von etwas anderem.

Nun, dieses Etwas ist es, dem wir alle hinterher sind. Dieses Etwas entpuppt sich als nichts Bestimmtes, aber auf dem Weg gibt es eine Entwicklung; es ist jetzt viel leichter für dich zu sehen, daß das, was ich sage, wahr ist, als noch vor einem Jahr. Vor einem Jahr wäre es unmöglich gewesen, wenn nicht etwas Überwältigendes für dich passiert wäre – dann plötzlich sieht man; ansonsten ist es fast unmöglich. Für dich wird es jetzt schon eher möglich.

Wenn man nichts Bestimmtes ist, dann ist man nicht von einer bestimmten Umgebung abhängig, oder einer Unterstützung. Manches erleichtert uns das Leben, aber was die Wahrheit betrifft, die du entdeckt hast, die läßt sich nicht erschüttern.

Du befindest dich jetzt also in einer schwierigen Lage: Du mußt einen Schritt tun, und du bekommst keine Unterstützung – außer der Anerkennung deiner Kinder, die schon etwas wert ist; sie haben mehr Freude an dir. Was du jetzt tun wirst, das weiß ich nicht. Was wirst du tun, um dir das erhalten zu können, oder sogar Zeit dafür zu haben, dich umsehen, wohin dich das führt? Was wirst du tun? Wirst du es schaffen?

> Ich glaube, ich kann das. Ich bin bloß traurig, weil ich gerne mit den Leuten um mich herum mehr in Harmonie leben würde. Sie sind gegen mich – das macht mich traurig. Aber ich glaube, ich kann es schaffen.

Wenn du es schaffst, wird es dich den nächsten Schritt machen lassen. Wenn du von all dem Druck, der auf dir lastet, unberührt bleibst, wenn es dir gelingt, dieses Gefühl, mit dir selbst zu sein, tiefer in dir selbst zu sein, zu bewahren, dann wird dich diese Energie, diese Stärke, dieser Erfolg auf die nächste Sprosse der Leiter tragen.

Wenn du so sein kannst wie eben jetzt, wenn du hier sitzt – ich weiß nicht, wieviel es ausmacht, daß du hier mit mir sitzt, ich weiß nicht, was für eine Wirkung ich auf Leute ausübe – wie soll ich das können? – denn wenn ich da bin, sehe ich, was ich sehe –, aber wenn du so sein kannst wie eben jetzt, wenn du hier mit mir sitzt, mir einfach zuhörst und still dich selbst fühlst, dann wird es dir gelingen. Nun, du wirst nicht zurückgeschwemmt, das ist sicher, du wirst nie mehr so sein wie früher. Aber ob du es ohne allzu viel Aufregung, Störung, Kämpfen oder Verletztheit tun kannst, weiß ich nicht; aber du befindest dich gerade an einem Ort, der dir die nötige Kraft gibt.

Wenn du nicht auf sie reagierst, wird das eine große Hilfe sein. Es gehören immer zwei zum Kämpfen, es gehören immer zwei zum Argumentieren. Es ist nicht eine Frage von Bessersein – das ist auch nur eine Reaktion. Wenn du überlegen aussiehst und sagst: „Du kannst mich nicht berühren" – das ist eine Reaktion. Sag einfach: „Aha...", und bring deine Energie zu dir selbst.

Ihnen keine Energie geben, wie du schon bei der letzten Gruppe gesagt hast; sie nicht mit dieser 'Sich schlecht fühlen'-Energie füttern?

Genau! Dadurch versuchen sie nur noch mehr, dich irgendwie zu kriegen.

Wo lebst du?

In Cesena, auf dem Land.

Also triffst du dich nicht mit anderen 'Wildgänsen'?

Nein, nicht hier in Bologna, leider. Es ist für mich nicht möglich, hierher zu kommen. Aber dort, wo ich lebe, ist es sehr schön, sehr gut zum Meditieren.

Ja, und tust du das auch?

Ja, jeden Abend. Ich bringe meine Kinder ins Bett, und dann bleibe ich noch auf und höre Musik. Ich habe große Fenster und kann die Sterne sehen, und den Mond, und die Stadt unten – ich bin ganz oben auf dem Hügel. Es ist einfach sehr, sehr schön.

Gut, du wirst es schaffen.

Sitz an diesem Wochenende nicht hinten, sitz hier vorne. Sei einfach nur da, und du wirst Energie aufnehmen, die dir helfen wird, mit dem, was du tust, weiterzumachen.

Stop! Bau dir keine Wirklichkeiten

Also ich warne euch – ihr werdet an diesem Wochenende alle irgendwann einmal herauskommen und hier sitzen müssen. Und wenn ihr bis Sonntag nachmittag nicht gekommen seid, werde ich euch holen! *(Lachen)*

(Sambhava nimmt die Herausforderung an – ein kleiner Mann, ungefähr fünfundzwanzig, der offensichtlich mit Hingabe auf der Suche ist. Er hat eine ernste Art, sich zu bewegen und zu sprechen, und seine Gesichtszüge haben etwas Tibetanisches ... Er ist ein sehr warmherziger und freundlicher Mensch und hat auf den Gruppen immer viele schöne Beziehungen. Er geht nach vorne, still und bescheiden, setzt sich hin, streicht seine Haare zurück und stellt seine Frage:)

Gibt es eine richtige Art zu denken, oder ist Denken an sich schon falsch?

Es gibt eine richtige Art zu denken und – Denken ist das Hindernis. Beides ist wahr. Es kommt darauf an, ob du darüber nachdenkst, was du gerade denkst, oder ob du über deine ganze Situation nachdenkst. Denken schafft eine Wirklichkeit, und dann kann das Denken mit dieser Wirklichkeit noch eine Million Sachen machen, und dann verstehst du plötzlich etwas, oder jemand sagt etwas, und du läßt diese Wirklichkeit wie ein Kartenhaus einstürzen, und dann beginnst du damit, wieder eine andere aufzubauen.

Aber der großartige Gedanke ist: Der Gedanke, den ich gerade habe, ist um nichts besser als alle anderen, er ist nur anders – vielleicht attraktiver, vielleicht göttlicher, meiner Meinung nach –, aber eben nur eine andere mögliche Wirklichkeit. Also, ich habe diesen großartigen Gedanken, daß alle Gedanken eine Wirklichkeit bauen, und es ist möglich, unendlich viele Wirklichkeiten zu bauen, und sie immer wieder niederzureißen, und mit einer neuen zu beginnen. Was würde also geschehen, wenn ich keine Wirklichkeit bauen würde. Wenn mein Kopf den ersten Ziegel legt, wie wär's damit, nicht den zweiten zu legen? Denn wenn ich den zweiten Ziegel lege, werden es drei, vier, fünf – eine Million sein.

Das ist der großartige Gedanke.

Aber natürlich muß man dann auch sehen, daß es bestimmte Situationen gibt, in denen Denken notwendig ist. Also mußt du Gedanken in einer praktischen Situation in deinem Leben anwenden. Wie kann man den Rauch aus dem Raum bekommen? *(In dem Raum, in dem die Sessions stattfinden, kam es zu einem Balkenbrand und damit zu Problemen mit dem Rauch.)* Manchmal kann man etwas spontan machen, manchmal muß man denken; aber das ist kein Luftschlösserbauen.

Wo sind die Gedanken geblieben, die du letztes Jahr hattest? Wo die Gedanken, die du vor fünf Jahren hattest? Vor zehn Jahren? Vor zwanzig Jahren? Und all die Weltanschauungen, die auf diesen Gedanken beruhten – wo sind sie geblieben? Du wirst vielleicht sagen, daß die Gedanken, die du vor zwanzig Jahren hattest, kindisch waren. Aber in fünf Jahren wirst du vielleicht auf die Gedanken, die du heute hast, zurückschauen und sagen: „Das waren kindische Gedanken – diese jetzt sind die wirklich reifen Gedanken." Und so weiter.

(Eine Frau kämpft gegen ihren Husten an – will es vermeiden zu stören. Jetzt gibt sie auf und ist gerade dabei, den Raum zu verlassen.)

Geh noch nicht weg!
Es ist eine schöne Meditation, zu lernen, wie man nicht hustet. Um den Husten aufzuhalten, mußt du ihn kommen fühlen. Wenn er erst einmal begonnen hat, ist es zu spät dafür. Aber wenn du den Husten rechtzeitig kommen spürst, kannst du ihn vermeiden. Um dazu fähig zu sein, mußt du dort sein, wo er seinen Ursprung hat; und ein Husten kann ziemlich unerwartet kommen.

Oder der Zorn – du mußt schneller sein als der Zorn. Zorn ist wie ein Krampf. Menschen, die zornig werden, sagen immer: „Nie wieder!" und es passiert ihnen wieder, und sie sagen: „Das ist schrecklich – nie wieder! Ich habe jemanden geschlagen – nie wieder!" Es nützt nichts, ‘nie wieder’ zu sagen. Wenn du aber dort sein kannst, wo der Zorn sich zu bewegen beginnt, kannst du nein sagen.

Um damit aufzuhören, in deinem Kopf Luftschlösser zu bauen, Wirklichkeiten im Kopf, mit dem Kopf, mußt du dort sein, wo all das beginnt. *(Von draußen hört man den Lärm großer, lauter Maschinen.)* Das ist eine gute Geräuschkulisse – so arbeitet unser Kopf. Aber du mußt es wirklich glauben oder für dich selbst entdecken, daß das, was ich sage, wahr ist – es hilft nichts, wenn ich es dir sage. Wenn du nur einmal gesehen hast, daß Gedanken das tun, dann ist der Ansporn da, dort zu sein, wo die Gedanken ihren Anfang nehmen. Wenn du erst einmal diesen Gedanken gehabt hast, daß Gedanken falsche Wirklichkeiten aufbauen, an die wir glauben und mit denen wir unser Leben gestalten, dann wirst du sie einfach nicht mehr beachten und ihnen den Rücken zukehren. Verschiedene Leute haben verschiedene Gedanken, an die sie glauben und mit denen sie ihr Leben leben, und diese Leute werden sich womöglich gegenseitig umbringen oder einander verletzen oder sogar lieben, aufgrund der Unterschiedlichkeit oder Gleichheit ihrer Ideen – aber einfach nur Ideen. Und Ideen können so stark sein: einem Nazi fällt es nicht schwer, einen Menschen zu töten, weil er ein Jude ist, ohne irgendeine Beziehung zu diesem Menschen zu haben. Es wäre vielmehr ein *Hindernis,* diesen Menschen wirklich als Menschen wahrzunehmen. Die Idee sagt: „Dieser Mensch ist ein Jude und folglich etwas Böses – deshalb muß er vernichtet werden." – Sogar kleine Kinder: „Es ist zwar jetzt noch nicht böse, aber wenn es erwachsen ist, wird es das sein, einfach weil es als Jude geboren wurde." Das ist nur ein herausragendes Beispiel, aber es geschieht überall: einfach aufgrund von Ideen – und einer Realität, die darauf aufgebaut wurde. All diese Wirklichkeiten sind reiner Unsinn.

Sogar spirituelle Wirklichkeiten sind reiner Unsinn; nur eine neue Folge von Weltanschauungen. Man muß über sie hinausgehen zu dem Ort, aus dem selbst die spirituellen Wirklichkeiten hervorgehen. Sie sind bloß goldene Wirklichkeiten; goldene Alternativen, aber eben nur Alternativen. Und das ist der Grund dafür, warum Religionen solche Zerstörer, solche Gewalttäter werden, Millionen von Menschen töten; die christliche Religion hat Millionen von Menschen getötet, die islamische Religion hat Millionen von Menschen im Namen der Religion getötet. Heilige Kriege für eine Idee davon, wer Gott ist – meine Idee ist richtig, deine Idee ist Gotteslästerung! Was für eine Wahrheit kann das sein? Und doch glauben Millionen von Menschen daran und töten dafür, weil es in ihre Köpfe so eingepflanzt worden ist.

Das sind alles Karten, Kartenhäuser. Was bleibt übrig, wenn sie alle einstürzen und du keine neuen mehr baust?

Dann.

Dann weißt du.

Im Himmel – na und?

Ist noch irgendjemandem eine Wirklichkeit geblieben, über die er reden möchte?

(Riana hat sehr wohl eine, über die sie gerne sprechen möchte. Sie ist Sannyasin, oder Ex-Sannyasin, eine blonde Frau mittleren Alters, eine meditative 'New-Age'-Persönlichkeit.)

Es fällt mir schwer, eine Frage zu stellen, nach all denen, die ich schon in Zürich gestellt habe. Aber etwas beschäftigt mich sehr. Eines Morgens in Zürich, als wir Energiearbeit machten, sah ich ein hübsches Gesicht ganz in hellem Blau, klarem Grün und hellem Gelb.

Alles Goose-Farben!

Ich frage mich, was das wohl ist, was ich gesehen habe.

Du siehst Dinge, von denen man dir nicht beigebracht hat, daß es sie gibt. Nichts Besonderes. Wenn ich durch den Garten gehe und eine schöne Blume sehe, sage ich vielleicht zu jemandem, der gerade da ist: „Schau, was für eine schöne Blume." Oder ich sage gar nichts. Aber vielleicht sage ich: „Schau, was für eine schöne Blume." Ich sehe Licht um die Köpfe der Leute, wenn ich mit ihnen arbeite, und ich denke mir: „Oh, Mike, schau, das ist aber hübsch."

Genug gesagt.

Aber es hat nichts mit mir zu tun, es ist immer da. Es bedeutet, daß du zu sehen beginnst. Je mehr du einfach nur „Aha ..." sagst, desto offener bist du für immer mehr. Je mehr du sagst: „Mein Gott, was ist denn das? Ich muß herausfinden, was das ist – es ist außergewöhnlich! Ja, es war diese Farbe! Oh, mein Gott, dieses Blau – ich muß darüber nachlesen!" – je mehr du das tust, desto mehr sagst du: „Zuerst muß ich das wirklich akzeptieren, bevor ich weitermachen und noch viel erstaunlichere Dinge sehen kann."

Manchmal sehe ich um jeden Lichter, manchmal sehe ich um niemanden etwas, und manchmal sehe ich überhaupt niemanden; und ich habe für keine dieser Möglichkeiten irgendeine Vorliebe.

Darum geht es mir nicht.

Ich will damit sagen, daß alles, was man uns vom Himmel erzählt hat – alles leuchtend, strahlend, voller Gold und Silber, und all die Herrlichkeit – all das bringt uns auf die falsche Spur; so werden Lichter zu etwas Besserem als keine Lichter. Siehst du, irgendwie ist es wahr, weil ein normaler Mensch in seiner einen Wirklichkeit feststeckt und keine Lichter sieht. Und wenn du anfängst, Lichter zu sehen, kann das bedeuten, daß du dich aus der festgefahrenen Wirklichkeit herausbewegst. Aber wenn wir nicht auf der Hut sind, fangen wir damit an, eine neue Realität aufzubauen, in der wir alles voller Lichter haben wollen.

Wie Sufi, der die ganze Zeit 'high' sein möchte und nicht herunterkommen will: „Ich kann die beiden nicht zusammenbringen." Und jetzt sagen wir: „Aber ich habe all diese Lichter gesehen, und jetzt sind keine Lichter da; ich kann diese beiden Realitäten nicht zusammenbringen. Welche ist wirklich?"

Aber in dem Augenblick, wo du einfach nur „Aha ..." sagst, verleugnest du es nicht, sondern sagst: „Aha ... richtig, es sieht so aus, als ob ich aus der gewöhnlichen Wirklichkeit herauskommen würde. Na und? Gut, aber was ist jetzt sonst noch da?"

Viele der Theosophen – das ist jetzt achtzig, neunzig Jahre her – hatten die Gabe, Lichter und Auras zu sehen. Sie erfanden Überpriester und Oberpriester und Unterpriester, und sie durften Gold tragen, wenn es Überpriester waren – Goldgürtel und alle möglichen Sachen –, um so *Ruhm und Ehre* in Anspruch zu nehmen und kundzutun. Und deshalb dachten die Leute: „Also, wenn wir all diese schönen Farben sehen, heißt das, daß wir dem Himmel näher kommen." Das stimmt nicht. Es bedeutet, daß wir aus der Steinzeit-Realität, in der wir alle waren, herausgekommen sind. Nun komm auch aus dieser Wirklichkeit. Bleib an *keiner* Wirklichkeit kleben.

Ich nehme dir etwas weg, wovon du begeistert bist; und ich kann ein wenig Traurigkeit darüber in dir sehen. Aber der spirituelle Trip ist ein gefährlicher Trip; man kann sehr leicht daran hängenbleiben – besonders wenn die andere, normale Wirklichkeit mit so viel Leid verbunden war. Plötzlich beginnst du, schöne Visionen zu haben; es fällt dann leicht zu sagen: „Laß uns diesen Weg weitergehen." Und ich sage: „Nein, reiß diese Wirklichkeit nieder, schüttle sie wie ein Kaleidoskop. Du schüttelst sie, und eine neue Wirklichkeit entsteht."

Welche ist *die* Wirklichkeit?
Die Antwort ist: *keine* davon. Keine davon.
Und, wenn du so willst, alle ...

Wie kann man ganz mit leeren Händen dastehen?
Das klingt wie das Schrecklichste auf der Welt.
Es ist das Wunderbarste auf der Welt.

(Eine Minute lang herrscht Stille. Sie scheint ein wenig enttäuscht über Michaels Einschätzung ihrer Erfahrung – aber wahrscheinlich ist die Aussicht auf noch phantastischere Erfahrungen eine gute Entschädigung dafür ...)

61

Andere Leute sind gefährlich

(Sie sitzt einige Minuten still vor Michael – eine Frau um die Vierzig. Vor einigen Tagen, auf der Gruppe, war sie sehr reserviert und sehr vorsichtig, aber unter der Oberfläche konnte man große Kraft und viel Gefühl erahnen. Auch jetzt, vor Michael sitzend, scheint sie sich fest im Griff zu haben, während es in ihr brodelt.)

Parole? *(Worte?)*

Es gibt Momente, besonders auf einer Gruppe, wo ich mich vor anderen Menschen fürchte – auch vor Dir.

Weil du deine Wirklichkeit nicht aufs Spiel setzen willst, Mahani.

Andere Menschen sind eine Gefahr für unsere Wirklichkeit. Du hältst sehr stark an einer bestimmten Wirklichkeit fest, einer Art tragischer Wirklichkeit, dich selbst betreffend. Und selbst wenn du aus ihr herauskommst – ich habe dich schon frei von ihr gesehen – gehst du sehr schnell wieder in diese Realität zurück. Dein Gesicht ist schon von Traurigkeit geprägt. Wenn du dich vor mir hinsetzt, und ich dein Gesicht ansehe, muß ich erst einmal schmunzeln; ich weiß, das ist nicht höflich, aber ich muß schmunzeln! Weil ich sehe, daß es einfach ein Spiel ist, das du immer weiterspielst. Irgendwie weißt du's, und irgendwie weißt du's nicht. Aber du weißt nicht, wie du damit aufhören sollst, oder welches andere Spiel du sonst noch spielen könntest. Dein ganzes Leben ist um dieses Spiel aufgebaut worden.

Aber du hast die Wahl: Du wählst diese Wirklichkeit, oder hast das irgendwann einmal getan, und jetzt weißt du nicht, wie du etwas anderes wählen sollst. Es ist wie mit dem Husten, nur schlimmer: den Husten kannst du nicht stoppen, wenn er erst einmal begonnen hat; du mußt dort sein, bevor er beginnt. Aber ein Lebensstil ist die ganze Zeit da. Es scheint so, als ob er

63

keinen Anfang hätte – außer daß er jeden Moment beginnt, verstehst du das? Wir sind uns dessen nicht bewußt, aber jeden Moment erklären wir uns damit einverstanden, das zu sein, was wir selbst gewählt haben.

Bist du – wie es mir schon oft passierte – je irgendwo aufgewacht, in einem Zug oder an einem fremden Ort oder sogar zu Hause, und du weißt nicht, wo du bist, du weißt nicht, wie spät es ist, du weißt nicht auf welchem Planeten du bist, und noch schlimmer, du weißt nicht, wer du bist – es ist einfach nichts da. Vielleicht ist das Geräusch eines Traktors das erste, was du hörst; aber wer hört den Traktor, und wem gehört der Traktor, und wo bist du? – Du hast absolut keine Ahnung. Und das ist die Wahrheit. Sofort sagst du: „Oh, richtig, ja, jetzt, ich bin die Soundso, und ich bin Italienerin, und ich lebe hier, richtig, und das ist mein – phu! was für eine Erleichterung, jetzt bin ich okay! Ich habe mich wiedergefunden – einen Moment lang, Christus! war nichts da. Richtig, jetzt weiß ich, wo ich bin. Richtig, ‘CHARLIE, WO IST MEIN TEE’!“ – Dann weißt du wieder, wer du bist.

Und dann greifst du nach unten und siehst, daß du diese Maske mit den traurigen Augen und dem traurigen Mund hast, und setzt sie auf: „Okay, hier bin ich. Ah! Hier ist meine Rüstung.“ *(Lachen)*

Aber irgendwie tust du das jeden Moment. Du bist dir dessen nicht bewußt, aber du tust es.

Du kannst den Entschluß fassen, sofort damit aufzuhören: einfach diese Maske wegwerfen und etwas anderes versuchen. Du kannst es, siehst du, du kannst es. Es ist schwer, aber du kannst es.

Nun, andere Leute sind gefährlich, weil sie mit dir nicht übereinstimmen – ich stimme mit deiner Idee, die du von dir hast, überhaupt nicht überein. Ich versuche gerade, sie zu zerstören. Also ist es nur natürlich, daß du Angst vor mir hast – besonders vor mir. Aber jeder kann jeden Moment das Bild, das du von dir hast, zerstören. Meistens werden sie es nicht tun, weil es da so eine stille Vereinbarung gibt, daß du ihres nicht zerstören wirst, und sie deines dafür auch nicht – das nennt sich das 'geheime Abkommen'. Aber es kann jederzeit passieren, daß sich jemand nicht an dieses geheime Abkommen hält, und dann bist du in Schwierigkeiten.

Also, wer bist du *wirklich?*

Du bist diejenige, die dieses Spiel spielt, und die kann viele Spiele spielen – sogar das Spiel, erleuchtet zu sein. Das ist ein viel besseres als dieses tragische. Wenn du also dieses Spiel loswerden möchtest, mußt du dich exponieren. Du mußt gefährliche Dinge tun, mußt dich unter unberechenbare Leute begeben, nicht sichere. Es ist schwer für Dorja *(ihren Mann),* dein Spiel auffliegen zu lassen, selbst wenn er wollte. Es muß jemand von außen sein. Denn wenn er versucht, dein Spiel auffliegen zu lassen, dann weißt du, wie du ihn kriegen kannst und ihn ablenken, indem du ihn um *sein* Spiel besorgt werden läßt. Wir sind alle daran interessiert, etwas zu bewahren, was völlig nutzlos ist.

Aber wenn es dir gelingt, dich zu exponieren, und jemand beginnt, dir deine Maske abzunehmen, diese Maske deines Herzens – wenn du intelligent bist, dann wirst du dieses Maskenspiel durchschauen und wirst dir keine neue mehr beschaffen. Du wirst sehen, daß das, von dem du glaubst, daß du es bist, einfach so weggenommen werden kann – sogar für einen Moment. Dann sind alle Masken nicht das, was du suchst. Sogar die schönste auf der Welt ist nicht das, was du suchst. Und deshalb hat ein wahrer Sucher diese Regel für sich: „Wenn ich Angst habe, gehe ich weiter. Wenn ich das Gefühl habe, daß ich entlarvt werde, dann muß ich mich genau dort hineinwagen. Das ist es, was ich wirklich will – obwohl ich denke, daß ich es nicht gerade jetzt haben will, weil ich Angst habe – aber das ist es, was ich wirklich will: ausgezogen werden und ausgezogen werden und ausgezogen werden, bis ich alle Vorstellungen und Verstellungen durchschaut habe."

Der Ort, wo du ein Niemand bist

(Dieser junge Mann erweckt den Eindruck, intellektuell und sensibel zu sein, vielleicht sogar zerbrechlich. Er strahlt eine warme Lebhaftigkeit und Feinheit aus. Seinen Unterhalt verdient er als Hundetrainer. Er spricht italienisch, obwohl er offensichtlich Englisch kann: an einer Stelle verbessert er die Übersetzerin.)

Wenn ich nicht hier bin, wenn ich zu Hause mit den Menschen zusammen bin, die ich jeden Tag sehe, ist es oft sehr schwierig für mich. Der Konflikt entsteht aus meiner Unfähigkeit, ihn mitzuteilen – diesen *Space,* diese Energie. Manchmal sage ich zu mir: „Gut, das ist es, was ich im Moment leben kann." Aber auf diese Weise gibt es nur wenig Lebendigkeit, wenig Reichtum. Und zugleich besteht der Konflikt darin, daß ich das Gefühl habe, daß mir nicht genug Energie zur Verfügung steht, um etwas zu ändern.

Jeder in der Wild Goose Company muß jetzt lernen nicht am *Energie-Space* festzuhalten – besonders die Therapeuten, die das Training gemacht haben, und all diejenigen, die oft auf Gruppen gewesen sind. Die Schönheit des *Energie-Space* liegt darin, daß er in gewisser Weise die Ebenen, auf denen die Leute für gewöhnlich leben, transzendiert; er schließt sie ein. Aber die Lektion, die man lernen muß, ist die, daß er sie nicht ersetzt.

Durch den *Energie-Space,* Bhajan, kann man erkennen, daß der *Energie-Space* auch nicht 'Es' ist. Er ist eine Möglichkeit des Seins; eine sehr schöne, besonders wenn die Dinge häßlich sind. Dadurch, daß man mit Energie an sich arbeitet, kann man das Häßliche in das Schöne verwandeln, indem man sieht, daß Wut und Eifersucht, Traurigkeit und Verzweiflung, Enttäuschung und Groll, all diese Gefühle, ganz einfach ihrem Wesen nach eine Energieschwingung sind; und indem man sich auf dieser Ebene auf sie einstimmt,

67

können sie in etwas anderes verwandelt werden, was nicht direkt möglich ist. Aber es schafft sie nicht aus der Welt, weil du nicht immer auf diese Weise mit ihnen umgehen kannst. Sehr oft kannst du das im täglichen Leben, wie es in den Dörfern und Städten dieser Welt gelebt wird, nicht tun.

Das ist eine schwierige Situation, in der du dich befindest, und Ashoka und Dhyana und viele andere:

Nachdem du die Schönheit des *Energie-Space* erlebt hast, kannst du lernen, ihn im Alltag anzuwenden. Aber wie kann er anderen Menschen so vermittelt werden, daß sie plötzlich alle sagen: „Oh ja, dieser *Energie-Space* ist großartig!" und alle Argumente sind wie weggeblasen, und es gibt keine Probleme mehr. Wir *erwarten* geradezu, daß das geschieht; wir können nicht verstehen, warum das nicht geschieht – es ist doch so offensichtlich schön, nicht wahr?!

(Während der letzte Satz übersetzt wird, nicken alle zustimmend.)

Nicken hier, nicken dort – ja, ich stimme dem auch zu, bloß weiß ich die Antwort. Aber richtig, man fragt sich: „Warum ist das nicht so?"

Das ist die 'Neue Nation', siehst du, aber die neue Nation wird die alte nicht ersetzen. Sie wird zusätzlich da sein. Theoretisch ist es für jeden möglich, auf diese Weise zu leben, und wenn das jeder tun würde, wäre es auch für uns viel leichter, so zu leben. Und dann könnten wir alle glücklich gen Himmel fahren und denken: „Ja, prima, wir haben es auf der Erde geschafft! Es ist vollbracht!" Aber so ist es nun einmal nicht. Also ist meine Antwort für dich, Bhajan –

(Er erhebt seine Stimme . . .)

– und das ist eine Wild-Goose-Antwort, *für jeden, der für diese Sache ist* – und fast jeder hat zustimmend genickt, und ich bin sicher, daß sie in der Wild Goose Company alle mit ihren Köpfen nicken würden, wenn sie hier wären, und die ganze Goose-Company würde fragen: „Ja, und wie lautet die Antwort?"

ALSO, HÖRT IHR ALLE ZU?

Hier ist die Antwort:

All diese Realitäten kommen und vergehen; du baust sie auf, und dann wirfst du sie um, und dann baust du sie auf, und plötzlich siehst du, daß *keine Realität 'Es' ist.* Daher muß ich den 'Wildgänsen', denen ich den *Energie-Space* gezeigt habe – und ich habe sie von Anfang an gewarnt, daß das noch nicht das Ende ist –, die Realität zeigen, die jenseits des *Energie-Space* liegt. *Was jenseits des Energie-Space liegt, ist ein Ort, von dem aus ihr seht, daß der Energie-Space eine Möglichkeit ist.* Er schließt die anderen mit ein, weil man Gefühle, Gedanken, Sinneswahrnehmungen, absolut alles auf Energie zurückführen kann; also beinhaltet und transzendiert dieser *Space* all die anderen.

Von diesem jenseitigen Punkt aus, sieht man, daß es eigentlich überhaupt keine Realität gibt. Das ist die letzte Realität: *Es gibt keine spezifische Realität, die wir begreifen können.* Wie ich gerade in der ersten Session, die wir heute hatten, gesagt habe: du entdeckst, daß du niemand Bestimmter bist – das ist dasselbe. *Du* bist niemand Bestimmter – weder du, noch sie, noch ich; und auf einer anderen Ebene gibt es keine bestimmte Realität.

Das bedeutet, daß du es dir leisten kannst, das Spiel der Realitäten wirklich zu spielen. Zum Beispiel besteht die Art und Weise, es mit jemandem zu spielen, der dich aufregt, darin – anstatt sich in Meditation zurückzuziehen, was eine Möglichkeit ist –, ihn noch mehr aus der Fassung zu bringen, als er es mit dir tut. Alles zu riskieren, *weil es nichts zu verlieren gibt,* weil keine Realität wirklich eine Realität ist. Du hängst an ihr und denkst: „Oh mein Gott, was wird passieren?" Aber das ist nur *noch* eine Realität; diese Angst als solche ist eine Pseudorealität, oder eine unwichtige Realität. Du wirst erkennen, daß derjenige, der all diese Angst fühlt, unecht ist; er ist nicht wirklich. Also laß ihn Angst fühlen – wen kümmert das schon? Er ist sowieso niemand. Er ist einfach nur ein Mythos, den du erschaffen hast.

69

(Michael spricht immer energischer und schneller, als ob er die Aufregung über eine welterschütternde Entdeckung teilen würde.)

Es erlaubt dir, ungeheuer mutig zu sein, und in gewisser Weise gleichgültig den Konsequenzen gegenüber, das zu sagen, was du sagen möchtest, deinem Gefühl entsprechend, bedingungslos: Jemand sagt, du seist ein Mistkerl. Das macht dir nichts aus, weil du weißt, daß du keiner bist und es nur gespielt hast. Nun, dann hast du gewußt, daß du dieses Spiel spielst. Wenn dich also jemand einen Mistkerl schimpft, stimmst du mit ihm eigentlich vollkommen überein. Aber es ist für dich sofort erledigt, und dann sagst du: „Gut, jetzt bin ich eine nette Person. Jetzt spiele ich dieses Spiel, und es gibt niemanden mehr zu verletzen."

Aber wenn du das tust, bevor du diesen Ort kennst, wirst du Ärger haben und leiden. Ich zeige dir nur etwas auf. Wenn es für dich noch nicht wirklich ist – es ist im Moment für dich wahr, aber wenn du es noch nicht spielen kannst –, dann wirst du leiden.

Also, wenn Mahani tut, was ich ihr aufgezeigt habe, wird sie leiden, wenn ihr die Leute nicht glauben und über sie lachen oder sie einfach nicht zu ihren Bedingungen akzeptieren wollen. Aber wenn sie sich in dem Zustand befindet, von dem ich spreche, würde sie nicht leiden – sie würde lachen. Wie kannst du etwas verletzen, das nicht wirklich ist. Wenn du daran glaubst, daß es wirklich ist, dann wird es wehtun.

Ich weiß, du siehst, was ich meine, aber du mußt noch darüber hinausgehen.

Das Schwierige an all dem ist, daß es doch wahr ist, auch wenn du diese Wahrheit noch nicht erkannt hast.

Ich muß dir also in zweifacher Hinsicht antworten; zum einen muß ich dir sagen, daß das die Wahrheit ist, aber ich muß dir auch sagen, daß du es vielleicht nicht so empfinden wirst. Wenn du hinausgehst und tust, was ich dir aufgezeigt habe, wirst du vielleicht sagen: „Aber dieser Mann hat mir doch gesagt, daß da niemand ist, und daß sich niemand schlecht fühlen würde, und ich fühle mich schrecklich; und mein ganzes Leben ist von diesem Kerl zerstört worden." Siehst du? Aber es gibt kein Leben, das zerstört werden könnte. Doch du magst es so empfinden. Bis du *erkennst,* daß es nichts zu verlieren gibt, fühlt es sich immer so an, als ob du etwas verlieren würdest.

Trotzdem ist es wahr, daß du nichts zu verlieren hast.

Ich habe dir etwas angedeutet. Du kannst immer noch mit diesem 'Energie-Ding' arbeiten – es ist wunderschön. Aber wenn jemand dafür nicht bereit ist, mußt du ihm auf seiner Ebene entgegenkommen, ohne auf dich Rücksicht zu nehmen. Alles zu riskieren, weil du irgendwie das Gefühl hast, daß da niemand ist, der etwas verlieren könnte. Du magst noch nicht so weit sein, aber du kannst sehen, was ich meine.

Ich weiß, ich kenne das – plötzlich bekommst du eine Ahnung davon, plötzlich bist du fast an diesen Ort gesprungen. Das kommt vor: du bist in diesen Zustand jenseits des *Energie-Space* gesprungen. Aber jetzt mußt du dir deinen Weg dorthin erarbeiten, vielleicht durch Leiden.

Aber dennoch – es gibt ihn.

Im Fluß sein

Würdet ihr alle ein wenig näher rücken? Ihr seht so weit weg aus.

Nun, wer möchte sich zur Zielscheibe machen? Kannst du das auf Italienisch sagen? Etwas riskieren, sich exponieren.

(Astra scheint die Übersetzung zu gelingen. Alle lachen. Seppo wagt es. Er setzt sich vor Michael hin und erklärt dann voller Ernst und aus ganzem Herzen:)

> Ti amo molto. *(Ich liebe dich sehr.)*

(Er muß ein Nachfahre Cäsars sein – er hat das klassische Gesicht, die aufrechte Haltung und ganz die Art eines römischen Kaisers oder Senators. Er strahlt große Wärme aus, ohne viel Aufhebens davon zu machen. Ein Mann von Integrität.)

> Ich beneide die Frauen, denn wenn ich eine Frau wäre, hätte ich vielleicht die Möglichkeit gehabt, meiner Liebe noch besser Ausdruck zu verleihen. *(Lachen)*

Wie? *(Lachen)*

> Ich habe nichts über Seppo geschrieben gefunden.

(Sein Goose-Name ist der eines alten Zen-Meisters. Offensichtlich hat er in Büchern über Zen nachgeschaut, um etwas über den alten Seppo herauszufinden.)

Nichts? Ich werde nachschauen, wenn ich nach Hause komme. Ich habe viele Bücher über Zen und ich werde sie durchsehen. Würdest du mich daran erinnern, Somani?

Der Turm wird schon kleiner, zerfällt in Stücke. Bevor ich zum *Intensive* hierher gefahren bin, hatte ich ein richtiges physisches Erlebnis dieser Art. Aus gesetzlichen Gründen mußte ich einen Teil meines Hauses abschließen – einen Teil, den ich selbst gebaut habe und den ich am liebsten mochte.

War es ungesetzlich?

Einige neidische Nachbarn haben den Behörden davon erzählt. *(Lachen)*

Du mußt immer einfacher werden. Und wenn du das wirst, wie es immer mehr mit dir geschieht, strahlst du auf eine andere Art und Weise. Als ich dich das erste Mal sah, warst du ein sehr lebendiger Mensch – irgendwie sehr strahlend, aber du hast einen Stil daraus gemacht. Und oft, wenn Leute einen Stil haben, spiegelt das wider, wie sie wirklich sind, aber unnötig verzerrt, gestellt. Deshalb fällt es manchmal schwer, es aufzugeben: es ist wahr, daß du ein lebhafter, warmer Mensch bist – aber man fürchtet sich davor, mit dem Spiel aufzuhören, für den Fall, daß es doch nicht wahr ist. Es ist als ob du eine Maske von deinem eigenen Gesicht tragen würdest. Aber wir haben Angst, daß etwas Fürchterliches zum Vorschein kommen könnte, wenn wir die Maske abnehmen, oder etwas, das von uns verlangt, anders zu sein. Aber oft ist es das gleiche, nur natürlicher. Es ist wie der Unterschied zwischen einem Kanal und einem Fluß; sie erfüllen beide die gleiche Aufgabe, aber ein Fluß ist so viel schöner.

In den meisten Menschen gibt es einen Teil – ich weiß nicht, ob das für alle gilt –, der nur bereichert werden kann, ganz erfüllt, wenn du vollkommen mit anderen Menschen mitfließt. Dann kann man herauskommen, dann kann man ein Individuum sein. Aber wenn man nicht mit anderen Menschen im Fluß gewesen ist, dann ist es erstens nicht so einfach, anderen Menschen zu helfen, und es ist auch nicht so leicht für sie, von dir zu lernen oder etwas von dir anzunehmen, weil da irgendwie ein Abstand zwischen dir und ihnen zu bestehen scheint.

74

Man kann den Menschen am besten helfen, wenn man sich in ihnen sehen kann; und man kann von jemandem am besten lernen, wenn man sich im Lehrer sehen kann und versteht, daß der Lehrer nicht ein außergewöhnliches Wesen ist, das du verehren sollst, sondern jemand, den du respektieren kannst, aber auch fühlen: „Ja, das bin ich, nur in einer anderen Form, oder mit Einsichten, die ich noch nicht gewonnen habe – aber das dort bin ich." Ohne das kann man ein guter Lehrer werden, aber kein großartiger Lehrer.

Das ist der Grund dafür, warum Zen-Meister so großartige Lehrer waren: weil sie als Mönche das Ganze durchgemacht haben – die Bruderschaft der Mönche, die Gemeinschaft – im Fluß miteinander. Und darin liegt die Schönheit einer spirituellen Lebensgemeinschaft, oder eine der Schönheiten: daß jeder für eine Weile einer unter vielen sein muß. Nur der arme Meister ist der einzige, der nicht mitmachen kann; aber er hat schon früher mitgemacht, irgendwo in sich selbst.

Deshalb waren es auch in Poona die Therapeuten, die am härtesten angepackt wurden; weil es in der Position des Therapeuten sehr leicht passieren kann, daß man sich überlegen fühlt. Und selbst wenn der Therapeut ein großartiger Therapeut war, erwischte es ihn immer wieder: er wurde gebeten, gewöhnliche Arbeiten zu verrichten, wenn er nicht gerade in der Gruppe war. Es wurde alles unternommen, um ihn vergessen zu lassen, wer er ist, so daß er erfahren konnte, wovon ich gerade spreche – Teil des Flusses zu sein. Sonst würde ihm in seiner Arbeit mit den Leuten immer etwas fehlen.

Und wenn ich sehe, wie du, Seppo, mit anderen Menschen im Einklang bist, sehe ich etwas in dir aufblühen, das sehr schön ist und sich sehr richtig anfühlt. Nicht, daß du bei unserer ersten Begegnung nicht offen und freundlich mit den Leuten gewesen wärst – das warst du –, aber da war auch eine Spannung, ein Abstand; du mußtest dich erst einmal richten. Ich will damit sagen, daß durch das Miteinander-im-Fluß-Sein alle an allem beteiligt sind: die Leute lachen und machen Witze, und du kannst dich nicht heraushalten. Das ist wirklich eine Bereicherung eines Teils von uns.

75

Deshalb wird Varuni eine großartige Lehrerin sein: sie ist mit den Leuten im Fluß gewesen, sogar als Therapeutin; und die Leute können diese Gemeinsamkeit mit ihr spüren, selbst wenn sie ihre Lehrerin ist. Nun, du kannst es nicht erzwingen. Ich sage dir nicht, du sollst es erzwingen, denn dann ist es künstlich. Du bist klug genug, um das zu verstehen. Aber je mehr du es für eine Weile geschehen lassen kannst, desto mehr wirst du bereichert werden; du wirst einfach werden. Und die wirklich große Außergewöhnlichkeit muß aus dem Einfachen hervorgehen, wenn du anderen Menschen wirklich helfen willst.

Ich habe gehört, daß du dein Haus alle zwei Wochen den 'Wildgänsen' öffnest, damit ihr euch treffen könnt – das ist schön. Es könnte sich herausstellen, daß du derjenige bist, der am meisten zu sagen hat, aber nicht mit „Ich weiß", sondern einfach nur so, daß die ganze Gemeinschaft dich brauchen kann; vielleicht hast du schon mehr getan, bist ein wenig älter oder erfahrener, und es passiert, daß du etwas sagst – aber wirklich eben nur für alle sagst.

Jahrelang habe ich auf den Gruppen viel Körperarbeit gemacht; und wenn Leute in ihrem Körper Blockaden hatten, war es eine meiner Methoden, sie einen Ringkampf austragen zu lassen, sogar Frauen – ohne lange nachzudenken, einfach zwei Leute nehmen und sie miteinander ringen lassen. Das ist eine gewaltige Meditation.

Du weißt nicht, was Ringen heißt?

(Michael beginnt es vorzuzeigen – aber lacht bald mit den Zuschauern mit, bevor er noch mit seiner Demonstration am Ende ist.)

Und weißt du, Seppo, neun von zehn Malen war ich derjenige, der sich für den Ringkampf angeboten hat – bei Frauen nicht, da habe ich eine andere Frau genommen – aber bei jedem Mann.

Ich war ein Anfänger. Ich hatte kein Training, es *gab* kein Training. Ich fing einfach an. Und manchmal hatte ich das Gefühl, daß ich die Gruppe nicht weitermachen könnte, weil etwas in mir geschah. Dann sagte ich: „Gut, ich gehe in die Mitte, und ihr seid jetzt alle Gruppenleiter, oder vielleicht will irgendjemand der Gruppenleiter sein. Ich bin in der Mitte und ihr arbeitet jetzt mit mir." Und ich mußte dann durch etwas durchgehen, Körperarbeit oder Gestalt oder „Auf-das-Kissen-Schlagen" oder sonstwas, mich reinigen und dann zurückgehen und wieder die Gruppe übernehmen. Jahrelang war ich mitten im Geschehen. Das bedeutete für mich, 'im Fluß' zu sein und doch zugleich meine Arbeit zu tun.

Und dann wird deine Arbeit aus der Erde hervorsprudeln wie eine Quelle; nicht aus deinem Kopf als Wissen und Verstehen, nicht aus deinem Herzen als Gefühlswärme, sondern aus der Erde durch dich hindurch wie eine Quelle.

Es ist fast so, als ob du diesen Weg hinuntergehen müßtest, um jenen Weg hochzukommen. Du bist diesen Weg gegangen und bis hierher gekommen, und irgendwie besteht mein ganzes Bestreben darin, dich diesen Weg zurückgehen zu lassen, sodaß du auf jenem Weg herauskommen kannst.

Und dann kannst du wirklich eine spirituelle Kraft sein. Aber ohne jede Anstrengung.

Okay.

(Er schenkt Michael ein strahlendes Lächeln, voller Zustimmung, und geht auf seinen Platz zurück.)

Wenn Schweine Flügel hätten

(Kalika ist die nächste, die nach vorne kommt. Ihr Goose-Name bedeutet 'Blütenknospe'. Auch sie fühlt sich hier nicht wirklich wohl. Sie sieht gelangweilt und verspannt aus, und ihre Art, jetzt zu Michael hinauszugehen, spiegelt Widerwillen und Zweifel.)

Hallo Blume.
Wo liegt das Problem?

(Stille)

Du hast kein Problem?

        Es ist schwierig, hier zu sein.

Warum?

(Stille)

Du kannst es mir ruhig sagen. Warum?

(Stille)

Versuch es mir zu sagen. Warum ist es schwierig, hier zu sein?

        Weil ich nicht verstehen kann, was ich fühle.

Was fühlst du?

(Stille)

Du kannst es sagen – warum nicht?

(Stille)

Dann erzähl mir etwas anderes!

(Lachen)

Ich möchte, daß du dich mir mitteilst. Du bist gekommen, um hier vor mir zu sitzen, und jetzt ist es so schwierig, etwas aus dir herauszukriegen. Ich sehe, daß es dir schwerfällt, etwas über dich zu sagen. Aber wenn du etwas darüber sagst, was du fühlst, schaffst du im selben Moment die Möglichkeit dafür, daß sich etwas ändern und etwas anderes geschehen kann.

(Stille)

       Ich fühle mich sehr verwirrt.

Das sagt mir nicht sehr viel, Kalika, oder?
Weiß jemand, welche Probleme Kalika hat? Wenn sie es mir schon nicht sagen will, gibt es vielleicht jemand anderen?

       Sambhava: Sie hat Angst.

Stimmt das? Sambhava sagt, du hättest Angst. Ist das richtig? Gut, Angst. Was noch? *(Lachen)* Was noch? Noch jemand?

       Astra: Ich denke, sie ist wie gelähmt.

Fühlst du das? Fühlst du, daß sie gelähmt ist? Ist das dein Beitrag, ja? *(Lachen)* Aber weiß jemand etwas? Hat jemand mit ihr gesprochen? *(Lachen)* Ist sich jemand ihrer bewußt? *(Zu Kalika:)* Ich muß das tun, weil du nicht mit mir sprechen willst, und weil es für mich keinen Unterschied macht, ob du es mir erzählst oder jemand anderer. – Was ist los mit ihr?

Weißt du es, Kanika? Seppo, weißt du es? Keine Idee? Spricht wohl nicht mit dir? *(Zu Kalika:)* Mit wem sprichst du denn? Wer ist dein Freund hier, hast du irgendwelche Freunde hier? Hm? *(Lachen)* Wer? Dipana? – Dipana, wo liegt ihr Problem? Du bist ihre Freundin, und du weißt nicht, was ihr Sorgen bereitet?

> *Dipana:* Ich weiß es nicht, denn wenn wir zusammen sind, haben
> wir einfach nur Spaß.

(Michael beginnt sich vor- und zurückzubewegen.) Ich bewege mich, weil du sonst *mich* lähmst. *(Lachen)* Also möchte ich in Bewegung bleiben.

> Dieses Blockieren, dieses Mich-Verschließen, ist eines meiner
> Probleme.

Dann hör damit auf. Du mußt das nicht tun.

Aber um es nicht mehr zu tun, mußt du ein bißchen springen. Aber du kannst springen – du kannst es. Wir werden dir ein wenig dabei helfen: leg dich einfach hierher, deinen Kopf dahin und deine Füße dorthin. Gut. Kanika, Prageet, Dipana, Ashoka, Bhajan, kitzelt sie jetzt und rollt sie ein wenig herum. *(Lachen)*

Ent-lähmt sie!

Wie geht es ihr? Gut, Vandana komm her. Hebt sie hoch und werft sie ein bißchen rauf und runter. *(Lachen)* Haltet sie von unten, etwa so, und dann werft sie einfach hoch. Hoch in die Luft, ja! Paßt auf ihren Kopf auf! *(Lachen)* So ist es richtig! Fast bis an die Decke!

Hat dir das gefallen, hm? Es ist großartig. Gut, könnt ihr sie wieder in eine sitzende Stellung bringen. *(Lachen)* Weil sie doch ein wenig gelähmt ist. Gut, jetzt sind wir bereit.

Also, worin besteht das Problem in deinem Leben? Komm, sag es mir einfach. Vergiß, daß du gelähmt bist, sag es einfach.

Ich weiß nicht, was ich suche.

Weiter, weiter, sprich weiter.

Und ich war immer sehr 'nicht ruhig'.

'Nicht ruhig'?

Und ich bin immer hinter etwas hergelaufen, und wenn ich etwas erreicht hatte, dachte ich, ich hätte jetzt Ruhe. Aber dieses Gefühl dauerte immer nur einen Augenblick. Und so suche ich immer weiter. Manchmal hilft mir das zu wachsen, aber manchmal ist es auch ein Hindernis, weil ich mit dem, was ich habe, nie zufrieden bin.

Komm ein bißchen näher.

(Stille)

Du sagst zu so vielen Sachen nein. Du mußt zu deinem Nein ja sagen und schauen, ob wir damit etwas anfangen können. Dich selbst zu stoppen, sitzt tief in dir; und wenn du zu deinem Nein nein sagst, wird das nicht helfen. Also sag lieber ja zu deinem Nein. Wenn du dir nicht erlaubst, etwas zu tun, oder nur sehr wenig, dann akzeptiere das, aber fühl es einfach nur, statt dir darüber Sorgen zu machen oder die negative Seite davon zu sehen. Siehst du, Kalika, irgendwo muß es für dich eine sehr positive Seite haben, sonst würde es sich ändern. Du hast die Kraft, es zu ändern, aber du setzt sie nicht ein; du hattest viele Möglichkeiten, es zu ändern; du warst auf vielen Gruppen, du warst sogar auf Gruppen, auf denen Prem *(ihr Mann)* nicht dabei war. Und doch sagst du fast immer noch nein zu dir. Du magst dir vielleicht Sorgen darüber machen, aber irgendwie hast du dich dafür entschieden. Du verstehst nicht warum, und doch scheint das der Fall zu sein. Also sollten wir vielleicht akzeptieren, daß es eine tiefe Weisheit gibt, die dir das sagt. Es scheint offenkundig zu sein, daß du dich nicht stoppen sollst; es ist als Therapie naheliegend, daß du dich nicht stoppen sollst, sondern deine Energie fließen lassen. Aber das Naheliegende ist nicht immer das Weiseste.

Hör also auf, gegen dieses Kontrollieren, dieses Stoppen anzukämpfen. Akzeptiere es – aber fühl es. Das ist, als ob du so machen würdest *(er zeigt eine gekünstelte Körperhaltung),* aber tief drinnen ist etwas Wahres verborgen. Wenn du es dir anschaust, sieht es dumm aus, so herumzulaufen, aber wenn du es wirklich fühlen kannst und auskosten, kann viel passieren.

Akzeptiere dich, wie du bist. Es ist nicht so, daß du es nicht erforscht hättest: du warst in dieser Trainingsgruppe, hier im *Intensive,* du warst in vielen anderen Gruppen. Du hast dich vielem ausgesetzt, und trotzdem hat sich nur sehr wenig geändert – in dieser Hinsicht wenigstens. Und Tausende von Menschen sind gekommen und haben sich gewaltig verändert. Das heißt nicht, daß sie etwas besser gemacht hätten als du, es zeigt nur, daß du vielleicht im Augenblick so sein mußt.

Sag also: „So bin ich; ich weiß nicht wieso, aber ich vertraue darauf, daß es eine tiefe Weisheit gibt, die sagt: 'Jetzt gerade muß Kalika genau so sein.'" Sag okay zu dir. Und wenn du es fühlen kannst, macht es das doppelt okay. Fühl es wirklich. Vielleicht wirst du entdecken, daß es auch etwas anderes ist – nämlich eine tiefe Weisheit.

Ich habe oft Buddha zitiert: „Buddha hat 'Halt!' gerufen."

Nur so entdecken wir, daß fast alles, für das die Leute ihre Energie verbrauchen, Unsinn ist. Vielleicht hast du das schon für dich erkannt; also weißt du, daß es Zeitverschwendung ist, bevor du es versuchst. Wie du schon gesagt hast, hast du schon so manches versucht und gesagt: „Nein, das macht mich nicht glücklich. Wozu es also überhaupt erst versuchen?" Nichts von dem, was du ausprobiert hast, hat dich zufriedengestellt. Vielleicht versuchst du deshalb vieles erst gar nicht mehr, weil du schon weißt, daß es dich nicht befriedigen wird.

Ich meine, wenn du der wiedergeborene Lao Tse wärst – er würde sich nicht im geringsten um diesen Unsinn kümmern. Vielleicht bist du das?

Also akzeptiere dich so, wie du bist. Ganz und gar so, wie du bist. Denn wir wissen es nicht – es könnte das absolut Weiseste für dich sein. Und niemand kann dir erzählen, daß etwas anderes weiser ist; es mag weiser erscheinen, ist es aber wahrscheinlich nicht. – Wenn Schweine Flügel hätten, würden sie fliegen.

Wie dem auch sei, mir gefallen deine Socken. *(Lachen)*

(Endlich gibt sie nach und lacht mit. Tatsächlich ist sie nach dieser Session für die anderen viel offener, und am nächsten Tag schließt sie sich denen an, die in Italien Gruppen organisieren wollen.)

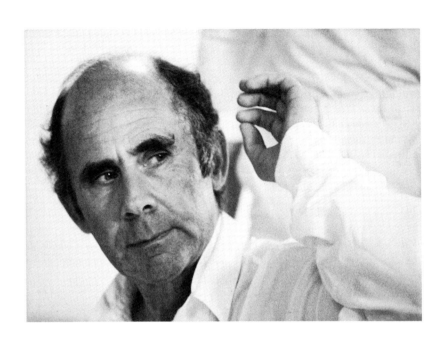

Die Zeit der Dampflok ist vorbei

(Eine etwa vierzigjährige Frau setzt sich vor Michael nieder und sieht ihn mit einer Grabesmiene an. Ihr Gesicht und ihre ganze Haltung ist voller Kummer und Ernst. Aber diese Ernsthaftigkeit steht in einem seltsamen Kontrast zu ihrer Art zu sprechen – sie hört sich wie ein kleines Mädchen an, das um Hilfe bittet.)

Ich bin dir und euch allen sehr dankbar, weil ich während der Zeit in Zürich in einen anderen *Space* gekommen bin und sehr glücklich war. Und danach ... ich war weniger depressiv, nachdem ich in Zürich war, und ich habe viele Dinge erledigt, die wirklich notwendig waren.

Aber es gibt da etwas, über das ich unbedingt sprechen möchte, weil es mir jetzt zuviel wird. Da ist immer ein Urteilen. Wenn ich etwas mag, dann mag ich es sehr und sage: „Das ist schön, das ist erstaunlich, das ist phantastisch!" – sogar mit Dir mache ich das. Und dann kommt ein Moment, wo ich anfange, genau das Gegenteil zu denken; und ich beginne zu zerstören, ich beginne ... vor einer Stunde war es noch schön, und jetzt mache ich es sehr, sehr schlecht. Und das mache ich auch mit Menschen ... *(Sie schluchzt.)*

Es ist ein fürchterliches Gefühl, vor dem ich Angst habe.

Das ist ein bißchen verrückt, hm?

Ja, das ist es.

Komisch verrückt, hm? Scheint mir ein wenig komisch verrückt zu sein. Dich macht es weinen, mich macht es lachen. Warum tust du das? Langweilt dich das Leben so? Du hast es wohl nötig, großartige, intensive Erfahrungen zu machen: du machst eine starke positive Erfahrung, dann ist es Zeit für eine starke negative Erfahrung. Die starken positiven Erfahrungen kann man sich schwer selber machen, hm? Sie passieren einfach. Aber die starken negativen Erfahrungen können wir selber machen – und das tust du. Bist du so erfahrungshungrig?

Und du machst das gleiche mit anderen Leuten? Ich weiß gar nicht, wie du die Zeit und den Raum dafür haben kannst, dich um andere Leute zu kümmern, ob sie es richtig oder falsch machen, oder ob es dir paßt, was sie tun, oder nicht. Wenn du wirklich bei dir selbst bist, bleibt keine Zeit für solchen Unsinn. Und wenn du wirklich bei dir bist, bleibt auch weder Zeit noch Energie, um dir negative Erfahrungen zu verschaffen.

Es war nicht meine Absicht euch in diesem Training hochfliegende Erfahrungen zu vermitteln, wenigstens nicht in erster Linie. Meine Absicht war die, euch einen Geschmack von 'Hier und Jetzt' zu geben, und von Einfachheit und ein Gefühl von Lebendigkeit, von Am-Leben-Sein. Ich wollte, daß ihr in diesen *Space* hineinfallt, so daß ihr nichts anderes mehr wirklich braucht – weder ein Hoch, um euch großartig zu fühlen, noch ein Tief und Zerstörungswut, um euch intensiv zu fühlen – und daß ihr euch nicht um andere Leute kümmern müßt.

Und weißt du, Nepri, du mußt das nicht tun. Du erzählst mir davon, du sitzt hier und sagst: „Ich mache das immer wieder, ich mache das immer wieder." Wie kann man damit aufhören? Oder, wie kann ich damit aufhören, mir auf den Kopf zu schlagen? *(Er beginnt sich auf den Kopf zu schlagen.)* Schau her, es gibt da etwas, das ich an mir nicht leiden kann: jedesmal, wenn ich morgens aufstehe, schlage ich mir fünfhundert Mal auf den Kopf, und manchmal kann ich mich davon abhalten; aber wenn ich aufhöre, mich davon abzuhalten, fange ich sofort wieder damit an!

Wie kann ich damit aufhören?

Zwei Dinge: erstens, mußt du etwas finden, das interessanter, lohnender ist, und zweitens, mußt du einfach aufhören. Genauso, wie ich es gestern zu jemandem über das Husten gesagt habe. Es hat keinen Sinn zu versuchen, es aufzuhalten, wenn es erst einmal angefangen hat – dann ist es sehr schwierig, es zurückzuhalten. Aber wenn du das, was du tust, als zerstörerisch empfindest, sagst du einfach nein dazu. Statt dich dafür, daß du es immer wieder machst, zu bemitleiden, sagst du einfach nein. Du sagst: „Das ist ja lächerlich; das ist es nicht, was ich leben will; ich will nicht sterben, zurückschauen und sagen müssen: 'Das habe ich mein ganzes Leben lang getan.' – Also hör ich auf damit."

Die Leute werden denken, du würdest nur einen Witz machen, du könntest das nicht tun – aber du kannst es. Es ist das gleiche, wie das Rauchen aufzugeben: du kannst es, jeder kann es. Wenn es einer kann, dann kann es jeder. Manche Leute entscheiden sich dafür, es nicht zu tun, oder behaupten, sie könnten es nicht; aber jeder kann es.

Und du kannst damit aufhören. Ich kann es nicht für dich tun, aber *du* kannst es.

Nun all das, worüber ich mit euch spreche, ist ein und dasselbe, und die Medizin dafür auch:

Spür dich
im Moment
wenn nichts Bestimmtes geschieht.

Wenn du das nicht kannst, wirst du immer versuchen, den Moment mit etwas zu füllen: entweder einem Hoch oder einem Tief, oder mit Zerstörung oder damit, über andere Leute nachzudenken und sie zu kritisieren und dich aufzuregen, weil sie so blöd sind, und diese dummen Sachen machen, und weil sie dich ärgern und dich nicht verstehen und nicht auf dich eingehen, und dich das so aufregt, daß du ganz hah-hah-hah-hah-hah wirst *(Michael*

89

imitiert aufgeregtes Atmen) – und sich dein Leben so anfühlt, als wär's was. Nun sage ich, daß du damit aufhören und gleichzeitig erleben kannst, daß das Leben, auch ohne daß etwas Bestimmtes passiert, erfüllt ist.

Es gibt da eine Geschichte über die berühmte Sufi-Mystikerin Rabia: Sie läuft in dem Dorf, in dem sie lebt, die Straße entlang und sieht einen Mann mit einem Verband auf dem Kopf, und sie fragt ihn: „Wieso trägst du diesen Verband auf deinem Kopf?" Und er antwortet: „Weil mein Kopf wie verrückt wehtut." Und sie sagt: „Wie alt bist du?" Und er sagt: „Dreißig." Und sie fragt: „Hattest du diese Kopfschmerzen dein ganzes Leben lang?" Und er antwortet: „Nein, das ist das erste Mal." Darauf sagt sie: „Du hast einmal Kopfschmerzen und schon trägst du den Verband der Unzufriedenheit, und dreißig Jahre lang hattest du keine Kopfschmerzen und hast nicht den Verband der Zufriedenheit getragen."

Rabia will damit sagen, daß wir es jeden wissen lassen, wenn wir uns schlecht fühlen, daß wir es aber nicht feiern, wenn wir uns wohl fühlen, sondern es als unser gutes Recht ansehen. Leute kommen und setzen sich hierher, und erzählen mir von ihren schmerzhaften Erlebnissen; aber das ist ein sehr kleiner Prozentsatz – außer für jemanden, der wirklich krank ist – die Zeit, in der wir Schmerzen haben, ist nur ein kleiner Teil unseres Lebens. Kalika kommt nicht zu mir und sagt: „Michael, ich will dir erzählen – Dipana und ich haben solchen Spaß miteinander!" *(Lachen)*

Ich weiß! – Aber warum nicht?

Wenn wir diesen *Space,* in dem alles in Ordnung ist, wirklich wahrnehmen, dann erkennen wir, daß das genügt. Und wenn wir dann 'high' werden – schön. Und wenn wir uns nicht so wohl fühlen – aha. Und wenn wir jemanden treffen, den wir sehr mögen, sagen wir: „Großartig!", und wenn wir jemanden treffen, der uns nicht behagt, sagen wir: „Aha ..."

Und das ist genug. Du brauchst nicht mit Tsch-tsch-tsch! diesen Dingen hinterherzulaufen. Die Zeit der Dampflok ist vorbei, Nepri. *(Lachen)* Jetzt ist es ein Ssschhh. *(Er macht ein weiches, fließendes Geräusch).* Und du machst Puff-puff-puff! zerstörst und beschwerst dich und urteilst – das sind alles Puff-puff-Züge. Eine Menge Lärm, viel Bewegung und Dampf. Aber nicht viel Meditation.

Meditation sagt einfach nur: *„Sei jetzt hier."*

Und du hast mit den Worten begonnen: „Ich mache das immer wieder." Es hat viele Dinge in meinem Leben gegeben, von denen ich sehen konnte, daß ich sie immer wieder mache, und vielleicht habe ich einem Freund erzählt: „Weißt du, ich mache das immer wieder." Aber ich würde nie zu jemandem sagen: „Was kann ich bloß dagegen tun?" Ich weiß, daß *ich* es bin, der damit zurechtkommen muß. Wenn ich aufhören will zu rauchen, dann muß ich aufhören zu rauchen. Es hat keinen Sinn, Chaitanya zu bitten, mir dabei zu helfen, mit dem Rauchen aufzuhören – er wäre sowieso der letzte! Er raucht wie ein Schlot! Es hat keinen Sinn. Es gibt nichts, was er tun könnte, um mir zu helfen.

Du mußt dich also entscheiden. Du wirst dein Leben in die Hand nehmen und nicht kommen und dich beschweren: „Oh, Michael, ich zerstöre immer wieder alles." Nein, nein; hör einfach auf damit.

Gut. Und wenn du dich dabei ertappst, daß du dich über mich ärgerst, weil ich dir das gesagt habe, dann ist das wieder eine Dampflok. Verstanden?

In Wirklichkeit spreche ich über Reife. Zu sagen: „Ich werde es nicht mehr tun, oder ich werde einen Weg finden, damit aufzuhören" – das ist Reife.

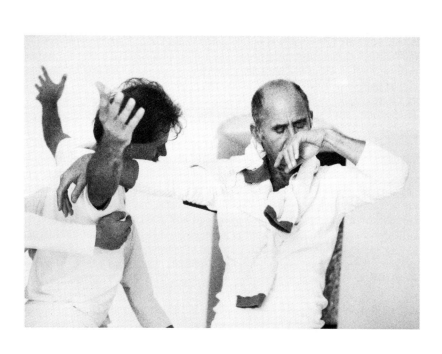

Der Ursprung allen Handelns

(Lilana ist ein schönes Mädchen, Mitte Zwanzig. Anmutig setzt sie sich hin und schenkt Michael ein strahlendes, natürliches Lächeln. Nach einer Minute warmen Blickkontaktes beginnt sie zu sprechen:)

Ich habe viele Fragen und gleichzeitig keine. Nach dem Training haben sich viele schöne und viele schreckliche Dinge ereignet. Etwas, das mit mir geschehen ist, ist, daß ich ruhiger und stiller geworden bin. Es gelingt mir ein bißchen besser, die Realität zu akzeptieren. Manchmal wache ich am Morgen auf und frage mich, was ich tun soll, und ich fühle mich wie gelähmt, aber danach akzeptiere ich alles.

Etwas aber habe ich bemerkt: daß nie ich es bin, die handelt. Ich warte immer, bis die Dinge um mich herum in Bewegung kommen. Und ich weiß nicht, ob das in Ordnung ist oder nicht.

Es spielt keine Rolle, ob es in Ordnung ist oder nicht. Es ist das, was geschieht; und du bist dir der Tatsache, daß das so geschieht, sehr bewußt. Was kannst du mehr tun? Und wozu?

Du bist hierhergekommen, hast gesagt, was du gesagt hast, und es hat sich etwas bewegt. Ich habe eine Einladung ausgesprochen, und du hast sie angenommen. Wenn es geschieht, geschieht es; gestern ist es nicht geschehen, heute ist es geschehen. Wenn du beginnst, dich wirklich zu spüren, wenn du beginnst, dir der Dinge, die du beschrieben hast, bewußt zu werden – wie du dich am Morgen fühlst, wie das passiert, das Annehmen dieses Gefühls von Gelähmtheit – all das zeigt, daß du da bist, wo du bist. Und an diesem Ort – wenn du das tust – ist die Beurteilung von Richtig und Falsch eines Außenstehenden unwichtig.

Wir haben uns ein ganzes Leben lang gemäß dem Richtig und Falsch, das uns beigebracht wurde, verhalten. Und nun fragst du mich, weil ich so ein weiser Mann bin und nur etwas sagen werde, das zu deinem Besten ist, ob das richtig oder falsch ist. Aber ich bin weise genug, um zu wissen, daß du, was dich betrifft, weiser bist als ich.

Dieser Ort, wo du deine Wirklichkeit spürst und darauf wartest, ob etwas von außen passiert, auf das du antwortest, oder etwas aus deinem Inneren heraus geschieht, und du dich bewegst und handelst – dieser Ort ist jenseits von Richtig und Falsch. Er muß es sein: sie sind nämlich beide aus ihm entsprungen. Dieser Ort ist der Ursprung allen Handelns.

Und angenommen, du sitzt an einem solchen Ort, und nichts geschieht, und du tust nichts, und du sagst nichts, dann bist du in kürzester Zeit ein Meister der Ruhe und Stille. Und ein Meister der Ruhe und Stille ist um nichts besser oder schlechter als ein Meister des Tun und Handelns. Das heißt, wenn ein solcher Meister des Handelns an deiner Stelle wäre, am selben Ort, dann würde oft Bewegung entstehen, aber sie wäre für ihn genauso still wie die Stille für den stillen Meister. Man kann es nicht glauben, daß das in Ordnung sein soll. Wenn du aber aufhörst, dir Sorgen darüber zu machen, ob es in Ordnung ist oder nicht, wirst du es noch intensiver erleben können – und dann wird es keine Fragen mehr geben.

Wenn du an diesem Ort wärst, könntest du hier sitzen, und Leute könnten zu dir kommen und sich hinsetzen, und du könntest sie anschauen und nichts sagen und nichts tun, und sie würden verstehen und daraus lernen – wenn es das wäre, was für dich von diesem Ort aus geschehen würde.

Also ist dieser *Space* völlig in Ordnung, und in diesem *Space* still und passiv zu sein, ist sicher gut. Aber sich aus diesem *Space* herauszubewegen, ist genauso in Ordnung. Sei also ruhig und still, *wenn es das ist, was gerade ist,* und bewege dich, *wenn es das ist, was gerade ist.* Kein Außenstehender kann sich ein Urteil über dich anmaßen, noch kannst du es für dein Selbst von gestern: morgen kann es schon ganz anders sein. Es gab einmal einen Meister, der jedesmal, wenn er etwas gefragt wurde, aufstand und zu tanzen begann. Auf jede Frage tanzte er einen anderen Tanz. Das war seine Antwort, und das war seine Art, sich mitzuteilen.

Ein anderer Meister hatte immer eine Flöte bei sich, und wenn ihm jemand eine Frage stellte, nahm er die Flöte zur Hand und spielte auf ihr zwei bis zehn Töne – nie mehr. Aber das birgt viele Möglichkeiten in sich, und man sagt, daß sich nie eine Melodie wiederholt haben soll. Und die Leute nickten verständig, nachdem sie sich daran gewöhnt hatten, verbeugten sich und gingen wieder. Aber es wäre möglich, daß so ein Mann eines Tages seine Flöte über seinem Knie zerbrechen und stattdessen zu reden beginnen würde – nicht, daß er vom Flötenspielen genug hätte, sondern weil es einfach aufhören würde, und etwas anderes beginnen.

Du fällst in dich selbst zurück, meine Liebe, und etwas Besseres könnte dir gar nicht passieren. Liebe also jeden Tag das Selbst, das du gerade vorfindest.

Du wirst zu einem Buddha, einem einzigartigen – wie alle Buddhas es sind.

(Eine Minute lang herrscht Stille. Dann läßt Michael sie behutsam wissen, daß die Session vorbei ist – er muß den nächsten Buddha enthüllen ...)

Sag ja zu deinem Vielleicht

(Die nächste ist die Freundin von Ashoka, der die Stühle und Schränke heilt. Allerdings teilt sie nicht ganz das Ausmaß an Begeisterung mit ihm. Sie sieht eher ein bißchen unzufrieden und gelangweilt aus.)

Ich habe das Gefühl, daß ich meine Wünsche jetzt besser kenne, aber ich fühle noch immer ...

(Stille)

Ich kann sehen, wie du dich fühlst.

Es ist schwierig für dich, deine Energie ganz in etwas zu stecken. Du würdest es gerne tun, aber irgendwie kannst du es nicht; es scheint nie ganz zu stimmen. Das Gefühl, das du hast, ist ein „Was soll's? Was ist schon neu daran? Wozu sich damit abgeben – es ist nett, *aber* ... es ist okay, *aber* ... viele Dinge sind okay ...“

Nichts reißt dich mit.

Nun, es ist dieses Gefühl, mit dem du vertraut werden mußt. Du möchtest begeistert sein, und die anderen Leute möchten dich begeistert sehen; und du bist enttäuscht, weil du nicht begeistert sein kannst und glaubst, du müßtest es sein. Und so bleibst du auf halbem Weg stecken. Es steckt viel Energie drin, für nichts Bestimmtes Energie zu haben. Das ist das Stärkste in dir zur Zeit, dieses Gefühl. Also geh ganz nah heran. Da steckt so viel Energie drin. Vergiß, was du damit machen solltest – du willst einen Film aus dieser Energie machen, und jemand anderer will einen anderen Film daraus machen.

Ich sage dir: „Mach keinen Film aus dieser Energie: Die Energie *ist* der Film
– der beste Film für dich!"

Es ist eine Tür. Es sieht vielleicht nicht so aus wie eine Tür, aber es ist eine.
Es ist deine Tür, genau jetzt. Und sie wird nicht verschwinden, ehe du sie öffnest und hindurchgehst; und dann wird es bald eine andere Tür geben – aber
zuerst diese Tür. Also werde mit dieser Energie nicht nur vertraut, sondern
lebe sie. Wenn jemand zu dir sagt: „Wie wär's damit?", sagst du: „Nun, ich
weiß nicht so recht, vielleicht ... Ich weiß nicht ... Gut, wenn du willst."
Übertreibe es, geh ganz darin auf.

Also *sei* unsicher – das ist in Ordnung. Sei dir nicht sicher, was du tun willst;
sei *absolut* nicht sicher!

Dann siehst du mich an, als ob du sagen wolltest: „Nun, ich bin mir nicht
sicher, ob ich das tun will!" *(Lachen)* „Ja, das ist auch eine Idee, Michael, ich
könnte das versuchen, aber eigentlich klingt es nicht so ... murmel, murmel,
murmel." Das sagst du, nicht wahr? Das ist in Ordnung, das macht mir nichts
aus; es ist gut, wenn du auf diese Weise reagierst. Akzeptiere es. Aber du
möchtest etwas anderes daraus machen und sagst: „Ich möchte lieber so
sein!" und dann bist du weder so noch so. Du bleibst dazwischen stecken:
„Wenn doch nur dies ... wenn doch nur das ... und ich bin so, und das mag
ich nicht, und wenn ich stattdessen anders wäre, wäre das für mich angeneh-
mer, und für andere Leute – es wäre schöner für Ashoka." Und du bleibst in
der Mitte stecken. Nichts ändert sich. Von dort aus kannst du dich nicht
bewegen, aber von: „Richtig ...!"

Bald wirst du darüber lachen. Und wenn du anfängst zu lachen, dann wird
auch er zu lachen beginnen; und er hat das nötig – also wirst du ihm helfen.
Er wartet nur darauf, daß du ihn so richtig lachen läßt; er ist wirklich schön,
wenn er lacht. Daher wirst du euch beiden helfen, wenn du tust, was ich sage.
Er sagt: „Wie wär's ...?" und du: „Nun, nein ... murmel, murmel ..." und ihr
werdet beide lachen! Und es wird sich in etwas anderes verwandeln. Aber es
ist *da* in dir, und es ist stark. Also zieh für ein Weilchen diese Kleider an; so

als würdest du auf einen Kostümball gehen, wo du dich als Rumpelstilzchen verkleidest, oder irgendwas. Du steigst einfach in diese Kleider.

Ich kann ein klein wenig Begeisterung in dir aufkommen sehen – ein klein wenig; du siehst ein klein wenig interessiert aus *(Lachen)*. Du brauchst nichts zu tun. Ich sage dir nur, 'du selbst' zu sein, aber das ganz und gar. Verstehst du? Ich sage nicht, tu dies oder das, oder das, versuch dies, oder mach die Soma-Meditation, oder klettere die Strickleiter hoch, oder was auch immer, und flieg zu den Sternen – ich sage: gerade richtig, genau so, wie du bist. Sag okay und spiel es. Genieß es. Das ist möglich: es zu genießen. Denn du bist nun einmal so, und es läßt sich genießen, so zu sein, wie du bist. Glaubst du, daß ein Luder nicht genießen würde, ein Luder zu sein. – Du weißt nicht, was ein Luder ist? Eine Frau, die wirklich gerne Leute verletzt und ihnen viel Ärger bereitet – das ist ein Luder. Sie weiß, wie man Salz in die Wunde streut. Beobachte sie – sie genießen es! Sie haben so viel Spaß daran, weil es ihre Natur ist! *(Lachen)*

Schaut, sie sieht jetzt großartig aus! *(Lachen)* Wirklich warm! Seht ihr das? – Geh und tu es. Aber du wirst nicht so bleiben – es wird sich ändern. Die Angst ist: so ein Mensch will ich aber nicht sein. Nein, du bist nicht so ein Mensch, aber es ist eine Energie, die du verbrennen mußt, und du kannst sie nur verbrennen, indem du sie auslebst. Es wird nicht sehr lange dauern – irgendwas zwischen einem Tag und einem Jahr *(Lachen)*, und dann wird es verschwinden. Nein, nicht so lang!

(Sie sieht enttäuscht aus – es kann ein ganzes Jahr dauern! Aber ihr unzufriedener Ausdruck entbehrt nicht einer gewissen Selbstironie ...)

Die Mitte des Roulette-Rades

(Sie kommt heraus, setzt sich vor Michael hin und schenkt ihm ein warmes und natürliches Lächeln – eine große, runde Italienerin.)

Möchtest du etwas sagen?

> *(Immer noch lächelnd:)* Vieles; ich habe in diesen Monaten vieles erlebt. Ich weiß nicht, ob es sinnvoll ist, davon zu erzählen.

Nein, es ist nicht nötig. Ich kann es sehen. Aber hast du gerade jetzt irgendwelche Schwierigkeiten?

> Ich denke, mein größtes Problem – vielleicht habe ich es erkannt – ich nenne es die Angst vor der Leere. Obwohl ich glaube, daß diese Leere nicht wirklich Leere ist, habe ich irgendwie Angst. Es ist die Leere, zum Beispiel, wenn ich auf einem Berg oben stehe und hinunterschaue, oder die Leere, die ich mit Essen auffüllen will. Und jetzt möchte ich in diese Ängste hineingehen.

Dann hör auf zu essen.

> Aufhören ... ? *(Sie sieht schockiert aus. Es ist nicht zu übersehen, daß sie Essen liebt. Alle lachen – und sie selbst lacht mit.)*

Nein, ich meine nicht ganz aufhören, aber aufhören, übermäßig zu essen; weil es symbolisch für dich ist.

Man kann über die Leere sprechen. In Indien lebt eine ganze Gruppe von Leuten, die 'Pandits' genannt werden. Sie lesen all ihre Schriften, und sie treffen sich und reden darüber, was *genau* mit Leere gemeint ist in den Mahagajasya Upanischaden, und wie es sich mit Patanjalis Idee von der

Leere vergleichen läßt, und sie reden und reden und mampfen ihr Essen weg, und quakquakquakquak – da ist keine Leere in ihnen. So eine Person wird 'Pandit' genannt, ein Alleswisser; jemand, der die Schriften gelernt hat und darüber reden kann. Sie können über die Angst vor der Leere reden, und warum man Angst verspürt, und daß es nicht wirklich *Shunyata,* die Leere ist; es ist die Fülle, und alles ist darin, und ich bin mir sicher, daß es das ist – und doch können sie es nicht spüren.

Es ist die größte Angst für die Persönlichkeit, die Angst vor der Leere. Derjenige, der Angst vor der Leere hat, kann sie nicht leben. Es ist wie ein Roulette-Rad, und die Persönlichkeit ist eines der Felder, mit einer besonderen Zahl – sagen wir einmal die Sechzehn, das ist eine hübsche Goose-Zahl. Und wenn die Kugel in diesem Feld liegt, ist sie sehr glücklich und fühlt sich sehr lebendig. Und genau die Mitte des Roulette-Tisches ist die Leere; aber das Feld 16 ist darin eingeschlossen, und alle anderen auch. Verliert man die Sechzehn, gewinnt man die Mitte und viele, viele Zahlen, die Sechzehn eingeschlossen. Aber vom Standpunkt der Kugel, die auf der Sechzehn liegt, ist das der Tod, weil sie nicht mehr das Sagen hat. Sie ist der Boß, und es gibt nur eine Zahl, und das ist die Sechzehn. Aber wenn du in der Mitte bist, gibt es viele Zahlen. Einmal ist es die Nummer Sechzehn, die vielleicht ein großartiger Tänzer ist – und dann ist plötzlich Schluß mit dem Tanzen. Vielleicht war jemand ein großartiger Pandit, und dann ist plötzlich Schluß mit dem Reden; es bleibt nur wenig, das nicht wirklich Wissen ist, sondern Energie. Und der große Mann des Volkes, der große Politiker, ist plötzlich ein Niemand – nur noch gelegentlich ein bißchen Politik mit seinen Freunden. Dann wird alles zu einem Spiel.

So wie ich es dargestellt habe, klingt es sehr verlockend, aber nicht für den, der auf dem kleinen Feld ist.

Du weißt sehr gut, daß das wahr ist, weil ich die Leere in dir sehen kann und schon bei unserer ersten Begegnung gesehen habe, Savita. Jedes Mal, wenn ich Beziehung zu dir aufnehme, sehe ich sie in dir. Aber um sie schwingen zu lassen, mußt du alle Bindungen an dein Feld loslassen. Dein Helfer ist schon wach in dir; deshalb wirst du dich selbst betrügen, wenn du diesen Weg nicht gehst. Du versuchst immer wieder, vor mir davonzulaufen. Wir haben gerade erst deine Fotos bekommen, nach ich weiß nicht wievielen Jahren, die du nun schon eine 'Goose' bist. *(Wenn man Michael um einen Goose-Namen bittet, soll man dem Brief ein Foto von sich beilegen.)* Und du kommst nicht, wenn du dich zu Gruppen angemeldet hast. Aber jetzt bist du hier, weil es das Tiefste und Stärkste in dir ist. Du kannst dein gewöhnliches Leben in der Welt leben, du brauchst das nicht aufzugeben – *du* bist die letzte, die das aufgeben muß, weil du nicht so groß auf die Suche gehen mußt wie manche Leute. Aber du mußt es sehr wohl zur wichtigsten Sache in deinem Leben machen.

Wenn ich nach Hause komme, werde ich eines dieser Fotos in meinem Zimmer aufstellen – das tu ich manchmal – gerade da, wo ich sitze. Und das bedeutet, daß du verfolgt wirst, bis du beginnst, so zu arbeiten, wie ich es dir heute abend aufgezeigt habe. Ich werde dir im Schlaf erscheinen, während deiner Arbeit, oder wenn du mit jemandem sprichst – du wirst mein Gesicht dort sehen, und dann werde ich wieder gehen; und ich werde die ganze Zeit sagen: „Denk daran!" *(Lachen)* Und erst wenn ich das Gefühl habe, daß du mich gehört hast, werde ich das Foto nehmen und zu den anderen legen.

Du hättest also nicht zu diesem Wochenende kommen sollen – du hättest mir vielleicht noch entwischen können.

(Sie watschelt zu ihrem Platz zurück – glücklich lächelnd über den Gedanken, daß es kein Zurück mehr gibt.)

'Highest Noon'

(Kanika ist eine Frau um die Vierzig, eine Künstlerin und Designerin. Sie trägt schon seit einiger Zeit aktiv zum Wild-Goose-Geschehen bei: Leute treffen sich bei ihr zu Hause unter anderem zu gemeinsamen Meditationen. Zu Beginn des Trainings hat sie traurig und besorgt ausgesehen, doch jetzt scheint sie sehr klar und entspannt zu sein. Sie sitzt einfach mit Michael da und hat offenbar keine Probleme vorzubringen.)

Sehr gut.

Aber es gibt etwas, worüber du sprechen möchtest?

Es gibt etwas, worum ich dich bitten möchte: einen Namen für ein kleines Zentrum.

Einen Namen für ein Zentrum, für *dich?* Hm. *(Lachen)*

Das ist das beste, das du je getan hast. Ihr wißt es nicht, aber wenn ihr mit einem Zentrum beginnt, kristallisiert das sofort Energie. All diese Leute, die auf der Frühlingsgruppe einen Namen für ihr Zentrum bekommen haben – etwas wird für sie zu geschehen beginnen, dort, wo sie leben, das sie sich nie hätten vorstellen können. Es ist mehr, als nur ein Zentrum zu eröffnen. Selbst wenn das Zentrum nie ordentlich funktionieren sollte – für mich spielt das keine Rolle. Es ist ein Schritt weg vom Ego, es ist ein Schritt weg vom Individuum. Das Individuum ist schön; du kannst sehen, daß ich das niemals verleugne, weil ich mich selbst sehr stark als Individuum erlebe; aber mit so einem Schritt schließt du auch die organische Natur der menschlichen Realität mit ein.

Jeder ist mein Bruder oder meine Schwester, sogar ein Bastard. Du brauchst deine Brüder und Schwestern nicht zu lieben. Jahrelang habe ich meinen

Bruder nicht geliebt – jetzt liebe ich ihn, aber jahrelang habe ich es nicht getan – und dennoch war er mein Bruder. Siehst du, es ist eine Tatsache, daß du meine Schwester bist. Es ist nicht die Frage, ob ich das akzeptiere oder nicht; es ist eine Tatsache. Sogar wenn ich dich nicht mag, bist du dennoch meine Schwester; und unsere Beziehung ist organisch.

Also, der Name für dein Zentrum ist: *'Highest Noon'*. Kannst du das übersetzen? Es ist eine Metapher im Englischen: 'zwölf Uhr mittags' bedeutet 'Gipfel, Höhepunkt'. Wenn jemand in Hochform ist, sagt man, es ist 'high noon' für ihn, oder er ist 'on song'. Das ist so, wie wenn Chaitanya eine tolle Melodie komponiert – ich kann mich nicht mehr an die letzte erinnern, aber es kommt gelegentlich vor! *(Lachen)* Nein ... aber wenn er eine wirklich tolle Melodie findet, wie 'Coming Up for Air', oder wie Domini für 'From the Other Shore' – dann würde man sagen, daß in dem Moment, als er das komponierte, 'high noon' für ihn war. Du kannst oft 'high noon' haben. Jeden Tag gibt es einen 'high noon', wenn die Sonne in ihrem Zenit steht.

Also, 'Highest Noon Wild Goose Energy Centre'. Okay?

Und es wird dich aufblühen lassen – noch mehr. Du blühst schon – aber noch mehr. Du wirst sehen, ich verspreche es dir. Ich verspreche nicht oft etwas, aber ich kann sehen, daß dich das aufblühen lassen wird.

Okay.

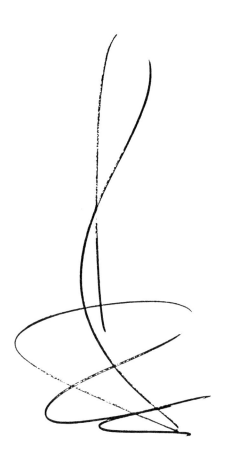

Worte an alle

Nun, wir haben hier wirklich ein tolles Energiefeld gehabt, an diesem Wochenende! Großartig! Aber jetzt gehe ich weiter auf meinem Weg, und ihr bleibt in Italien, inklusive Astra *(die Übersetzerin)*. Was könnt ihr also tun, um das, was hier geschehen ist, so stark wie möglich weiterleben zu lassen? Mit einem Zentrum zu beginnen, ist ein guter Schritt. Es wird Energie bringen; ihr könnt euch das nicht vorstellen, aber so ist es. Vergeßt nicht, was hier an diesem Wochenende geschehen ist – nun, während des ganzen Trainings natürlich –, aber es ist leichter, sich an dieses Wochenende zu erinnern, weil es gerade erst geschehen ist.

Ich sage nicht, daß ihr sieben Tage in der Woche so leben sollt; aber es ist ein schöner Aspekt des Lebens, und diese Energie, dieser *Space,* kann euer Leben auf anderen Ebenen verändern.

Niemals zuvor hat es in der Welt Energiefelder wie dieses gegeben. Ein Kloster ist ein Energiefeld, aber Klöster sind nicht 'in der Welt'. Ein solches Energiefeld mitten in der 'normalen Welt' zu haben, ist nie zuvor dagewesen. Es ist nicht leicht, das zustandezubringen, wie ihr alle wißt. Aber wenn es uns gelingt, dann ist es geschafft. Seht ihr: der Mönch muß ins Kloster gehen, er muß etwas finden; dann muß er aus dem Kloster 'in die Welt' herauskommen ,und darf es dabei nicht verlieren. Er muß es ausprobieren und auch mit anderen teilen – oder er wird es verlieren. In einem Energiefeld 'in der Welt' macht man sozusagen beide Schritte zugleich. Und das ist möglich. Ich habe gerade nach der Frühlingsgruppe ein paar Wild-Goose-Freunde für einige Tage mit auf Urlaub genommen, bevor wir hierher gekommen sind. Wir waren in einem Hotel nahe Florenz und haben nichts Bestimmtes getan. Aber die Leute haben uns so viel Sympathie geschenkt. Einmal, beim Abendessen, kam ein fremder Mann, ein sehr aufrecht, normal, konventionell aussehender Mann an unseren Tisch und sagte zu Kali: „Was für eine reizende Familie Sie haben!" Er sagte es nicht zu mir, weil Kali die Älteste ist, oder so aussah. *(Lachen – Kali ist noch keine Dreißig.)* Wir haben einfach nur geplaudert, so wie jeder andere auch. Aber die Leute konnten etwas spüren. Und das geschah die ganze Zeit, mit dem Personal, mit den Kellnern; jeder reagierte darauf. So kann es sein. Und dann brauchst du keine Übungen zu machen, keine Energiearbeit; die Leute nehmen einfach etwas wahr. Und du teilst ihnen etwas ganz Neues mit.

Es ist schön, Fremde zu berühren. In ein Geschäft zu gehen und etwas zu kaufen; und du tust nichts Besonderes, und du kommst heraus und schaust zurück, und spürst, daß der ganze Ort heller und leichter geworden ist. Der Verkäufer, der dich bedient hat, sieht wirklich froh und glücklich aus. Und du empfindest nicht Stolz, oder daß du großartig bist, sondern einfach nur Freude.

Du trägst das Energiefeld mit dir herum. Und Licht wird immer über Dunkelheit siegen. Du bringst Licht und Dunkelheit zusammen. Was gewinnt?

Aber weil es neu ist, ist es schwierig. Weil die Menschen in ihren Köpfen dafür nicht offen sind. Sie suchen nicht danach. Sie wissen nicht einmal, daß es so etwas gibt. Und wenn sie es wüßten, wären sie mißtrauisch. Aber dennoch kann es wirken. Wenn jemand sagt: „Ich möchte mit einem Zentrum beginnen", heißt das für mich, daß er sagt: „Ich möchte nicht nur mit mir allein sein – ein Buddha, oder ein Leben, oder ein Licht –, sondern ich möchte ein Energiefeld mit mir herumtragen und andere Menschen mit diesem Licht berühren."

Und deshalb fühlt es sich für mich richtig an, wenn in den vergangenen zehn Tagen, auf der letzten Gruppe und jetzt hier, so viele Leute gesagt haben: „Ich möchte ein Zentrum eröffnen." Ich erwarte von niemandem, ein großes Haus zu haben, oder eine Diskothek. Das wird vielleicht da und dort passieren, aber darum geht es mir nicht. Ich möchte, daß entlang von 'Energielinien' das, was in euch arbeitet, auf so viele Menschen wie möglich übertragen wird. Es ist gleichgültig, ob sie von der Wild Goose Company wissen, oder nicht. Wenn sie es tun, dann schließen sie sich vielleicht der Familie an, dem Netzwerk, und bekommen etwas und geben das an viele andere Menschen weiter. Aber wenn sie nichts davon wissen, und wenn sie einfach nur etwas fühlen, und ihr Leben plötzlich strahlend erscheint – das ist wunderschön, das ist genug.

Wenn wir uns wiedersehen

Grenzen fallen
zwischen uns

Weißt du noch
als wir uns trafen?

Du hast in die Welt geschaut –
und dann gesehen
was dir bisher fehlte

Weißt du noch?

War da eine Tür
die aufging –
neue Bilder
neue Gerüche
neue Häuser –
ein Frühling?

Was mag geschehen
in diesem Frühling
in Italien
wenn wir uns wiedersehen?

Teil II

„Wenn wir uns wiedersehen"
– eine Energiegruppe in Ronta, Florenz, Juni 1987

Die grüne Hügellandschaft erinnerte Michaels Assistentin Varuni an ihre Kindheit auf dem Lande: „Als wir dort am späten Nachmittag ankamen, hatte ich ganz intensiv das Gefühl, eine Landschaft voll von gutem Leben vorzufinden. Und wirklich – alle Leute waren sehr freundlich und umgänglich." Das Hotel war ein Familienbetrieb und an einem der Tage feierten Leute aus der Gegend in dem Saal über dem Gruppenraum eine Hochzeit.

Zu dieser Wochenendgruppe mit Michael waren ungefähr fünfzig Italiener gekommen. Die reizvolle Umgebung und die relativ kleine Anzahl von Teilnehmern verlieh dem Ganzen eine familiäre Atmosphäre.

Am letzten Tag, unmittelbar vor dem Ende der Gruppe, gab Michael all denen, die ihn darum gebeten hatten, individuelle Sessions.

Ein meditierender Löwe

(Er ist ein Mann um die Dreißig, ein intellektueller Typ, der seine erste Gruppe mit Michael erlebt. Er hat zuvor wahrscheinlich noch keine Art von Meditation oder Therapie gemacht – er sieht so aus, als ob alles ganz neu für ihn wäre, und er nimmt auf eine wunderbare, unverdorbene Weise teil, ohne Erwartungen. „Es berührte mich zu sehen, wie er sich vor Michael hinsetzte, ein bißchen unsicher zu Beginn, um sich dann mehr und mehr zu öffnen – wie eine Blume", sagte ein Mädchen, das dabei war.)

Halte deine Hände so. Öffne sie.

Diese Hand steht für Meditation, und diese Hand soll ein Löwe sein. Und beide sind wichtig.

Meditation bedeutet nicht, daß man schläft. Meditation bedeutet ganz im Moment zu sein. Aber ohne allen Ballast. Wenn Ballast da ist, dann wird dieser Moment nur eine Fortsetzung des letzten sein. Du mußt im Moment sein, und ohne irgendwelche Kleider aus der Vergangenheit, so daß du auf eine ursprüngliche Art und Weise reagieren kannst. Wenn du dann genauso reagierst wie am Tag zuvor, geschieht es doch auf eine ursprüngliche Art. Es ist nicht eine mechanische Wiederholung, es ist eine ursprüngliche Reaktion, die zufällig genauso aussieht wie gestern. Das ist Meditation.

Und der Löwe steht für alle Energien, die in diesem Moment verfügbar sind. Dann handelst du vielleicht sehr energisch und bist in Meditation. Du führst dich vielleicht wie ein Verrückter auf, aber du bist in Meditation. Gestern abend habe ich mich wie ein Verrückter aufgeführt, aber ich war total in Meditation.

Beide Hände zusammen. Es ist schwierig, das geschehen zu lassen, aber du kannst einen Platz in dir finden, von dem aus es so geschieht. Du mußt ja zu dir sagen, damit der Löwe erwacht. Und dann mußt du erkennen, daß das Selbst, das du weckst, nicht nur ein Ding ist – wie eine Hand mit fünf Fingern – es ist eine Möglichkeit, ein Potential, in dessen Tiefe wir niemals vordringen können. Wir können immer von uns selbst überrascht sein. Und das ist eine der schönsten Erfahrungen, die ich kenne: völlig überrascht von dem zu sein, was ich tue oder was ich sage. Denn das bedeutet, daß es immer noch mehr zu entdecken gibt.

Um dich also an diese beiden Seiten zu erinnern – sie sind in jedem, aber in dir sind sie sehr klar –, werde ich dir einen Namen geben, der dich an diese beiden Aspekte erinnert. Du bekommst einen Doppelnamen. In England haben viele Leute einen Doppelnamen – diese Namen mit einem Bindestrich dazwischen, Smythe-Perfetesque oder so –, was bedeutet, daß zwei alte Familien zusammengekommen sind, und keinen der beiden Namen verlieren möchten.

Du bekommst einen Doppelnamen.

Dein Doppelname ist: *Dhyan-Laskar.*

Dhyan bedeutet Meditation, Laskar bedeutet Löwe. Du bist also ein meditierender Löwe. Das ist ein schönes Bild: ein meditierender Löwe – zu allem bereit; aber wenn nichts geschehen muß, sitzt du einfach da. Du sitzt ganz still da, und dann Tssschk! Tssschk, tssschk! So – und dann ist's wieder vorbei. Und dann – was kommt als nächstes? Ein Lächeln. Ein Händehalten. Siehst du – nicht steckenbleiben. Du tust es total – und dann Schluß, und etwas ganz Neues kann geschehen. Und verliere keine Zeit. Fang an, total zu sein und in deinem Leben etwas zu riskieren. Ein Löwe bekommt ein paar Kratzer ab, aber er ist immer noch der König des Dschungels.

Okay.

Sie sind beide Verbrecher

Antonio?

(Er hat offensichtlich die meiste Zeit an diesem Wochenende mit sich gekämpft. Auf dem Fest am Abend zuvor kam es zu einer spontanen Jam-Session, und auf einmal spielte er frei und glücklich einen italienischen Operntenor. Aber jetzt kämpft er wieder mit sich.)

Wenn es nötig ist, kannst Du mich 'töten', um mich aufzuwecken.

Antonio, du hast alles, um dich selbst aufzuwecken.

Du hast alles, was ich habe. Aber du sagst nein zu dir, und ich sage ja zu mir.

Es gibt einen Teil in mir, den ich hasse. *(Er weint.)*

Das ist ein Fehler.

Der Teil, der haßt, versteht nicht viel. Ich sage nicht, daß man nicht an sich arbeiten soll, wenn man kann. Aber Haß ist dabei nicht sehr erfolgreich. Du mußt dich selbst bei der Hand nehmen und dich fragen: „Was tu ich da? Es fühlt sich nicht richtig an. Was steckt dahinter? Was möchte dieser Teil von mir damit erreichen, daß er so ist?"

Es ist nicht so sehr eine Analyse, es ist ein Nachforschen. Du mußt dich mit diesem Teil, den du haßt, anfreunden. Du mußt mit ihm sprechen. Du mußt dich irgendwie mit ihm arrangieren. Vielleicht mußt du ihm eine neue Richtung geben. Du mußt für alles in dir Verantwortung übernehmen. Du mußt über dem stehen, der urteilt und über dem, der von dem Richter in dir verurteilt wird. Wenn du sagst, daß du den Teil von dir haßt, der sich so verhält –

121

was ist dann mit dem, der haßt? Er ist genauso schrecklich! Sie sind beide Verbrecher. Wozu also Partei ergreifen?

So geht das nicht. Du mußt sie zusammen- und in Ordnung bringen. Weil sie zur selben Person gehören. Du kannst dich nicht in zwei Teile spalten. Du mußt sie wieder vereinen! Wenn diese Hand mir ständig so auf den Kopf schlägt, und ich sage: „Du Idiot, tu das nicht!" *(er schlägt die schlagende Hand mit der anderen)* bekomme ich doppelt soviel Ärger, als wenn ich sie in Ruhe lassen würde.

Als du gestern abend gesungen hast, warst du nicht gespalten. Pschuh! bist du aus dir herausgegangen, stark, gegenwärtig, viel Energie, großartig! Es ist also möglich. Aber dasselbe Einssein kann in anderen Situationen geschehen, nicht nur beim Singen und in der Musik. Sei ein Forscher und finde heraus, wie du so sein kannst. Du brauchst nicht mich, um dir ein Beispiel zu geben, du hast jederzeit ein schönes Beispiel an dir: der, der singt und wirklich eins ist mit einer Gruppe von Menschen – ich weiß nicht, ob das oft vorkommt – aber so wie du gestern abend warst, das ist ein gutes Beispiel. Einfach total da. Das ist Feiern. Du mußt nicht etwas Bestimmtes feiern, wie die Leute über uns Hochzeiten und Parties feiern und 12, 13, 21 oder wie alt auch immer zu sein – siehst du, einfach nur mit sich selbst da zu sein, ist ein Fest. Du hast dich selbst gefeiert, gestern abend! Erzähl Astra nicht, du hättest ihren Geburtstag gefeiert. Das hast du nicht getan, du hast dich selbst gefeiert. Wie kannst du dich bei anderen Gelegenheiten feiern? Geh und finde das heraus!

(Die Ernsthaftigkeit hat während der letzten Minuten nachgelassen. Jetzt lacht er sogar.)

Ja, gut, aber das ist die Arbeit! Vergiß, daß ich dich töten soll. Dann denkst du: „Jetzt brauche ich nicht mehr zu arbeiten." Das ist ein billiger Ausweg. Nun, meine Antwort ist die, daß ich dich unter keinen Umständen töten werde! Du wärst der letzte hier, mit dem ich das tun würde.

122

Ich bringe nur Leute um, die schon alles versucht haben und nun da angelangt sind, wo sie nichts mehr zu verstehen versuchen. Die kann man dann einen Salto machen lassen, und sie sind am anderen Ufer. Du mußt total verzweifelt sein, aber diese Verzweiflung, die kommt, wenn du alles versucht hast. Und wenn du alles versuchst, selbst wenn du nicht mehr an den Erfolg glaubst, hast du sehr wohl Erfolg: du bringst deine ganze Energie zusammen, so daß du einfach einen Salto machen kannst.

Du fängst jetzt an, an dir zu arbeiten. Nicht, dich zu schlagen; nicht, dich zu hassen; nicht, dich zu bekämpfen; nicht, dich zu stoppen; nicht, dich zu verurteilen – all das hilft nicht. Aber deine Energie zusammenbringen, dich selbst an die Hand nehmen, intelligent sein, was dich betrifft. Zu sehen, was dir hilft und zu sehen, was nicht hilft. Du mußt alles versuchen, Antonio!

Und laß dich vom Gefühl deiner selbst leiten, das du gestern abend beim Singen empfunden hast: dem Bild davon, dem Gefühl, dem Erkennen, dem Geschmack. Koste es, suche diesen Duft überall. Versuch es! Tu es!

Du hast die Energie. Du hast die Intelligenz. Du mußt nur die Entscheidung treffen, all deine Energie da hineinzustecken. Und ich hoffe, daß du das tun wirst.

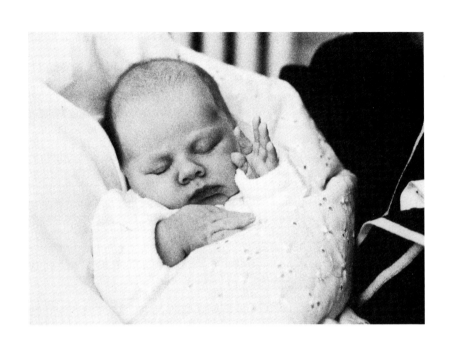

Blubber einfach vor dich hin

Was gibt's?

Ich werde mich einigen schwierigen Situationen stellen müssen, sowohl zu Hause als auch bei meiner Arbeit, und ich hätte gerne deinen Segen, und vielleicht deinen Rat.

(Es herrscht eine lange Stille. Das ist derselbe Mann, der im ersten Teil des Buches die erste Session hatte. Er schaut sehr ernst aus, aber auch in sich ruhend – als ob er gerade eine schwerwiegende Entscheidung für sein Leben getroffen hätte.)

Wenn du dir schwierige Situationen nicht erst selbst schaffst, was kannst du dann anderes tun, als ihnen ins Auge zu blicken – wie ein Kind, unschuldig.

Viele Menschen können nicht akzeptieren, was ihnen im Leben widerfährt, und das kommt vielleicht daher, daß sie irgendwie wissen, daß sie diese Schwierigkeiten selbst herbeiführen. Sie wissen also irgendwie, daß es anders sein könnte. Deshalb akzeptieren sie es nicht. Aber wenn du dir nicht selbst Probleme schaffst, wenn du so authentisch bist, wie du nur sein kannst, ohne dich in dein Leben einzumischen, dann bist du unschuldig, was auch immer geschieht. Du kannst dir nichts vorstellen, wie du die Situation hättest ändern können. Dann kannst du dich nur der Situation stellen.

Und darin liegt eine große Freude. Dann muß das deine Bestimmung sein, wenn es so etwas gibt – und ich glaube, daß es das gibt. Wenn du deinen Fluß von all dem Dreck gereinigt hast, wenn du aufgehört hast, dich zu blockieren, aufgehört hast, nach Rom zu wollen, oder wohin auch immer du glaubst, daß der Fluß fließen sollte, und du blubberst einfach so vor dich hin – dann muß dieses Dahinblubbern deines Flusses deine Bestimmung sein.

Dann gibt es nichts weiter zu tun, als ihr zu begegnen; so wie wir alle dem Tod begegnen müssen, der zum Schicksal eines jeden Menschen gehört.

Aber wenn dir meine Liebe bei der Begegnung mit deinem Schicksal irgendwie hilft, dann sei sie dir reichlich gegeben.

Und vielleicht werden dir diese Situationen Gelegenheit geben, deine Schönheit wirklich strahlen zu lassen. Manchmal braucht man eine Krise, um sich selbst zu entdecken.

Und wenn ich helfen kann, weißt du, daß ich es tun werde.

Aus dem Geheimnisvollen fischen

(Eine junge Italienerin kommt heraus und sitzt still vor Michael. Das letzte Mal, als sie an einer Gruppe teilgenommen hat, war sie mit Drillingen schwanger und bekam für alle drei Goose-Namen. Einer davon ist 'Mysticum', das 'Geheimnis'.)

Du möchtest etwas fragen?

Ja.

Ich fühle mich gespalten. Sehr oft fühle ich, daß ich alles akzeptieren kann. Aber es gibt einen anderen Teil in mir, der immer kämpfen möchte.

Du brauchst beide Teile!

Es gibt keine Technik für das Leben. Es gibt ein Empfinden für das, was jetzt das Richtige ist, und dann ein Empfinden für das, was jetzt das Richtige ist, und dann jetzt, und dann jetzt. Und wenn es für jetzt stimmt, und du sagst: „Das ist phantastisch: das werde ich für den Rest meines Lebens beibehalten", dann wird es eine Minute später, oder einen Tag später nutzlos sein!

Es gibt keine Technik für das Leben. Wenn es die gäbe, würde mittlerweile jeder hier davon wissen. Es wäre in allen Zeitungen zu lesen. Gerüchte verbreiten sich schnell, und solch ein Gerücht – wenn jemand entdeckt hätte, *wie man leben soll* – jeder würde im Handumdrehen davon wissen; es gäbe Fernsehauftritte in aller Welt. Es hat schon viele Vorschläge gegeben: sich hinzugeben, lieben, dem Tao folgen, zu allem ja sagen, und so weiter, und so weiter. Sie sind alle schön, und sie sind alle richtig – manchmal. Aber du mußt herausfinden, welche in welcher Situation stimmen, und darin liegt die Schwierigkeit.

Also kämpfe manchmal. Und manchmal sag okay – aber triff es richtig, wann es was ist; das ist alles. *(Lachen)* Triff es richtig – *für dich.* Aber das tust du sowieso, nicht wahr? Wenn du kämpfst, dann weil es sich richtig anfühlt zu kämpfen, und wenn du okay sagst, dann weil es sich richtig anfühlt, okay zu sagen. Du brauchst nicht den Teil von dir, der fragt: „Was ist jetzt das Wahre?" Du brauchst ihn nicht. Es ist derjenige, der auf alles eine Antwort haben möchte.

Und wenn du Fehler machst und dann sagst, daß das falsch war – dann hast du etwas gelernt. Das nächste Mal wirst du es vielleicht richtig machen. Und auf einmal merkt man, daß man weiser wird, ohne etwas in seinem Kopf erarbeitet zu haben. Wir lernen nicht aus Büchern, wir lernen aus Erfahrung. Bücher können eine Hilfe sein, eine Erfahrung, die *wir gemacht haben,* zu klären. Aber ohne die Erfahrung sind es einfach nur Worte. Du kannst dich eine halbe Stunde daran erinnern, wie schön die Worte waren, und dann sind sie weg. Aber wenn du die Erfahrung gemacht hast, wird das Verstehen sehr wertvoll sein.

(Lange Stille)

Es *gibt* einen Ort, wo du dich nicht mehr entscheiden mußt, ob du kämpfen oder dich hingeben sollst – wo alles einfach geschieht – gewissermaßen jenseits der Dualität. Manchmal kämpfst du immer noch, und manchmal sagst du immer noch okay. Aber es ist beides das gleiche – wie ein Fluß, der nach links fließt, oder nach rechts. Es ist dasselbe Gefühl: es geschieht einfach. Es gibt so einen Platz, wo alles zu geschehen scheint. Und nur jemand, der außerhalb steht, wird sagen: „Wie kommt es, daß du diesmal gekämpft und dich gewehrt hast und das andere Mal zugestimmt?" Der Beobachter sagt: „Ich sehe den Unterschied." Und du sagst: „Für mich war da kein Unterschied." In beiden Fällen ist es einfach von selbst passiert. Es gibt einen Ort, Pushkara, wo das für dich die Wahrheit ist. Aber das muß erst geschehen. Bis dahin mußt du weiterhin wählen, immer authentischer und immer intelligenter. Mit einer Intelligenz, die auf dem aufbaut, was bisher geschehen ist – worüber ich mit Antonio gesprochen habe: zu erkennen, was dir hilft.

Einer praktischen Intelligenz, die deine Existenz betrifft.

Dann geschieht plötzlich alles wie von selbst, und es gibt keine Diskussion. Und dann ist es plötzlich wieder weg, und du bist wieder dort, wo du wählen mußt. Und dann bist du wieder da, wo alles wie von selbst geschieht.

Es ist ein Mysterium.

Man lernt zu akzeptieren, daß es ein Geheimnis ist. Man lernt zu sehen, daß es nicht hilft, wenn man versucht, es zu erreichen. Und, daß nichts geschieht, wenn du es nicht versuchst. Und dann entdeckst du, daß es öfter geschieht, wenn du mit bestimmten Menschen zusammen bist, die etwas schaffen, was heutzutage als Energiefeld bekannt ist. Das ist eine empirische Tatsache. Das ist eine Tatsache, die auf der Erfahrung beruht, daß die Tiefe unseres Zusammenwirkens hier durch das Dabeisein all der anderen und durch all das, was an diesem Wochenende geschehen ist, noch an Intensität gewinnt. Es ist eine Tatsache, daß es hier in dieser Atmosphäre viel leichter ist, an diesen Ort zu gehen, den ich beschrieben habe, von dem aus alles wie von selbst geschieht, als mitten in Zürich oder Bologna oder sonstwo. Das ist eine Tatsache. Es bedeutet nicht, daß irgendjemand irgendetwas tun soll, aber es ist eine Tatsache, die intelligente Leute in Betracht ziehen sollten. Es ist ein Teil des Mysteriums – etwas, das ein klein wenig bekannt ist.

Wir sind andauernd dabei, das Geheimnis zu enthüllen – und es wird uns nie gelingen. Aber wir müssen alles tun, um das Rätsel zu lösen. Niemand wird es je schaffen, und doch müssen wir so weitermachen, als ob es möglich wäre.

Und vielleicht fischen wir dabei etwas aus dem Geheimnisvollen heraus, um es mit anderen Menschen zu teilen. Ich fische gewisse Dinge, die durch Energie geschehen können, aus dem Geheimnisvollen – das ist alles ein Rätsel. Niemand hat irgendeine Erklärung für das, was in den Energiegruppen geschieht, und wenn ich mit Energie arbeite. Niemand auf der Welt hat eine Erklärung. In fünfzig oder hundert Jahren werden sie vielleicht eine Erklärung haben, aber jetzt haben sie keine. Ich fische es aus dem Unbekannten. Aber da steckt noch viel mehr Unbekanntes dahinter. Es ist eigentlich nicht sehr viel, aber es ist etwas vom Geheimnis.

Wir sind von einem Mysterium umgeben.

Über den Autor

Michael Barnett, Jahrgang 30, Londoner, studierte zunächst Mathematik und Jura an der Universität von Cambridge und erklomm dann schnell die Stufen der bekannten Erfolgsleiter in der Geschäftswelt seines Heimatlandes. Als für ihn absehbar war, worauf es hinauslaufen würde, kehrte er dem Wirtschaftsleben den Rücken.

Er begann ziellos durch die Welt zu reisen, offen für neue Eindrücke, Erfahrungen, Impulse. Vier Jahre später kehrte er nach England zurück und begann sich mit den neuen Ansätzen zur Erforschung menschlichen Seins zu beschäftigen, die später als Humanistische Psychologie zum Begriff wurden.

Er arbeitete mit den Pionieren dieser neuen Entwicklung und fand bald eigene Ausdrucksformen und Anwendungsfelder. Er initiierte das Selbsthilfenetzwerk 'People, Not Psychiatry', welches durch sein gleichnamiges Buch (Michael Barnett; People, Not Psychiatry, 1973) weit über Englands Grenzen hinaus bekannt wurde und einen nachhaltigen Einfluß auf die therapeutische und wissenschaftliche Szene ausübte.

Michael Barnett war einer der gefragtesten Therapeuten des neuen 'Growth Movement', leitete eines der Londoner Therapieinstitute, arbeitete europaweit und war der erste Vertreter des 'Human Potential Movement', der in dessen Mutterland, die USA, eingeladen wurde, um dort zu lehren.

Auch hier stand er bald auf der letzten Sprosse der Leiter und stieß mit dem Kopf an die Decke. Er gab alles auf – für nichts. Und dieses 'Nichts' wurde für ihn, wie für manch andere Startherapeuten Anfang der 70er Jahre, durch den umstrittenen, indischen Meister Bhagwan Shree Rajneesh repräsentiert. Michael Barnett besuchte seinen Ashram in Poona und blieb mehr als sieben Jahre bei ihm. Während dieser Zeit kompromißloser Arbeit an sich selbst und mit anderen, konnte er nicht verhindern, wiederum berühmt und erfolgreich zu werden. Als 'Somendra' war er einer der Exponenten neuer Spiritualität in der Bhagwan-Bewegung und arbeitete seit 1980 mit vielen tausend Menschen in Indien, Europa, USA, Canada, Japan und Brasilien von seinen 'Alchemy'-Instituten in London und Brüssel aus.

Und wieder kam die Schallmauer, unweigerlich – 1982, als Michael Bhagwan verließ, fand er sich plötzlich mit leeren Händen, ganz auf sich allein gestellt, außerhalb des Umfelds, für das er alles aufgegeben hatte.

Nach kurzer Pause begann er von vorn und arbeitete nun völlig ungebunden mit Gruppen interessierter Menschen sehr verschiedener Herkunft und Orientierung.

Im Sommer 1984 hatte er ein Erleuchtungserlebnis, das sein Leben veränderte und seiner Arbeit eine neue Dimension gab. Er begann, Schüler zu initiieren, die auf neue, spielerische Weise ihre spirituelle Suche in ihr Alltagsleben integrieren sollten, ohne eine Abhängigkeit durch die nächste zu ersetzen. Diese Grundströmung seiner 'Wild Goose Company' zeigt sich in seinen Worten und seiner Arbeit mit menschlichen Energien: unabhängig, individuell, aber zugleich verbunden miteinander und dem Fluß des Lebens.

In Zürich, wo er mit einigen seiner Schüler lebte, arbeitete er nun intensiv mit geschlossenen Gruppen in Trainingsprojekten. Für die Mehrheit seiner Schüler war er über verschiedene Workshops und Aktivitäten in Europa und USA erreichbar.

Nach einem neuerlichen Rückzug aus allen Aktivitäten dieser Art kam es für ihn, wie er sagt, zur 'vollen Realisation seiner Erleuchtung'. Seine Arbeit ist seitdem von einer Konsequenz und Vollständigkeit, die viele Menschen zu ihm hinzieht.

Mittelpunkt seiner Arbeit sind Kurse und Studienprogramme der 1988 von ihm gegründeten 'MB Energy University' am Lago Maggiore.

Über seine Arbeit

Michael Barnetts Arbeit vermittelt sich durch die Sprache der Energie.

Diese Sprache kann nur in einem Zustand des Nichtwissens gelernt werden.
Wenn wir sie sprechen lernen, wissen wir nicht, was gesagt wird. Trotzdem
entdecken wir, daß wir sie immer schon verstanden haben.

Sie überschwemmt das Ich, für das wir uns halten, und läßt es zerfließen,
vorübergehend zunächst. Eine neue Qualität entsteht in uns. Ein Zustand
des Lächelns. Ein langsames Erwachen wie am Anfang allen Lebens, ohne
Geschichte, ohne Zukunft, ewig hier, jetzt.

Diese Qualität ist spürbar – greifbar fast – in der MB Energy University,
einem Energiefeld, das es jedem ermöglicht, diese Sprache zu verstehen –
die Sprache der Buddhas.

Die MB Energy University liegt direkt am Lago Maggiore in Oberitalien. Sie
bietet langfristige, umfassende Studienprogramme sowie kürzere Kurse zu
verschiedenen Themen und Interessensgebieten an.

Weitere Informationen bei:

>The Wild Goose Company Association
>Postfach 315
>CH-8044 Zurich

oder

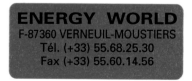

Michael Barnett spricht über
Energie und Transformation

Es gibt nichts Besseres

Dann gelangst du zu der Erkenntnis, daß die Welt nicht außerhalb von dir ist – sie ist in dir. Die gesamte Welt, von der wir glauben, sie sei draußen, ist nicht außerhalb von uns, sie ist in uns. Jeder von uns trägt die Welt in sich. Und alles, was in der sogenannten Welt geschieht, ist in Wirklichkeit ein Ereignis in dir.

Alles, was du sagst oder tust, ist in gewisser Weise bedeutend und äußerst wichtig; es wird dich entweder zu einer tieferen Wahrheit in dir bringen oder dich davon wegführen. Dir etwas vorzugaukeln, nur um etwas in der nicht-existenten Welt da draußen zu erreichen, ist einfach Ignoranz. Es gibt keine Welt da draußen, die es wert wäre, so etwas dafür zu tun.

Du bist Gott, du bist Satan, du bist der Mensch, du bist die Reise, du bist die Methode.

Du bist alleine.

Du bist derjenige, der ankommen wird – oder nicht.

Erhältlich in guten Buchhandlungen. ISBN 3 90527 609 7
Vertrieb: URANIA, Sauerlach

Michael Barnett:

Handbuch für
die Kunst des Springens

„Menschen klettern die Berge hoch,
denn wo der Berg endet,
beginnt der Himmel.

Aber worauf es ankommt:
überall auf dem Berg
beginnt der Himmel.
Alles was du tun mußt,
ist Springen."

MB

14 *Talks,* 14 Tips, wie man über die Grenzen des Denkens,
das uns so beschränkt und isoliert empfinden läßt,
hinausgeht – springt.

„... Dann gehörst du zum heiligen Rat der Narren. Nichts Bestimmtes sein. Die Leute werden dich einen Verrückten nennen. Denn sie können dich nicht fassen. Und du *bist* widersprüchlich. Manchmal antwortest du überhaupt nicht, manchmal anscheinend unsinnig, unwichtiges Zeug, und manchmal gibst du eine kluge Antwort. Manchmal lachst du ohne jeden Grund, manchmal schaust du mit einem Lächeln im Gesicht zum Fenster hinaus, wenn du mit jemand sprichst – mit einem Lächeln, das überhaupt nichts mit dem Gespräch zu tun hat. Manchmal sieht es so aus, als seiest du gar nicht vorhanden. Manchmal bist du voll mit Energie und manchmal absolut still.

Wer bist du dann?"

Erhältlich in guten Buchhandlungen. ISBN 3 90527 603 8
Vertrieb: URANIA, Sauerlach

Michael Barnett:

Der Soma Weg

Eine Erforschung der inneren Realität
und der Welt jenseits der Formen

Was wir wissen, ist so sehr von dem beeinflußt,
was wir nicht wissen,
daß man von uns nicht behaupten kann, wir wüßten etwas.
Hast du die Fakten?
Hast du das Wissen?
Besitzt du die Einsicht?
Hast du erkannt?
Hast du erfahren?
Hast du dem Herrn die Hand geschüttelt?
Hast du mit ihm gelacht
und mit ihm getanzt?
Bist du jenseits der Sterne gewesen?
Hast du den Mittelpunkt der Erde berührt
und die Tiefen des Ozeans?
Hast du je mit einem Baum gesprochen?
Hast du ein Kaninchen geliebt?
Warst du das Kind, das dir einfällt, wenn du dich an deine Kindheit
erinnerst?

Wenn du weißt,
bist du ruhig.
Wenn du weißt,
bist du still.
Wenn du weißt,
bist du glücklich, einfach zu sein,
was du bist,
wo du bist,
wer du bist
und mit wem du bist.
Du bist erfüllt.

Solange du diese Erfahrung nicht kennst,
weißt du gar nichts.
Wenn du diese Erfahrung machst,
dann kümmert es dich nicht, irgend etwas zu wissen.
Dann ist alles Wissen, alle Kenntnis,
nur ein Spiel.

Erhältlich in guten Buchhandlungen. ISBN 3 90527 604 6
Vertrieb: URANIA, Sauerlach